W0220484

PATHOS
EDIZIONI

Se ne consiglia la lettura ad adulti curiosi o a bambini estremamente consapevoli.

Impaginazione e realizzazione grafica: Pathos Edizioni
Collana Romanzo: "Storie di fantasie al limite della realtà"
Illustrazioni: Erika Bertoli
Libro: 02

Prima edizione: settembre 2016

"The woods are lovely, dark and deep,
But I have promises to keep,
And miles to go before I sleep,
And miles to go before I sleep."

Robert Frost

INDICE

Prefazione

Premettiamo, anzi…"prefazioniamo": l'opera che andrete a leggere non è un capolavoro, non è perfetta ma neanche vuol esserlo. Perché, vi chiederete, dovrei iniziare a parlare così bruscamente e con irritante schiettezza di un frammento letterario per il quale mi sono offerto di imprimerne l'ouverture? La mia risposta sta nella sincerità di affermare che l'autrice, Cristina Vitagliano, è un'amica: per lei non intendo sviolinare né mentire, gonfiare o svilire, ma dirle attraverso queste pagine che ha di certo un futuro nella letteratura sebbene la strada sia lunga, tortuosa e, in sintesi, massacrante. "Dark Phantasy - fiabe del macabro e dell'assurdo" rappresenta il primo piolo di una scala che la porterà – a costo di lacrime, mal di pancia, fogli appallottolati a riempire cestini esasperati – a trovare un suo spazio nel mondo artistico raggiungendo la cima di ostiche montagne e subdoli promontori. Questa raccolta, ve lo ripeto, non è un capolavoro…ma i capolavori esistono? Le opere letterarie, signori miei, non vanno ammirate o esposte, vanno lette, divorate e ricordate, devono trasmettere emozioni, trasudare fascino e catturare l'interesse del lettore. Cristina è come un albero che produce frutti ancora acerbi, è un'elegante creativa che ha bisogno di essere coccolata da un editore in grado di credere in lei e nella sua capacità di sfoderare, un giorno non lontano, frutti dolci e succosi.

La narrazione di sette storie fantastiche – ognuna foriera delle molteplici sfaccettature di un peccato capitale – colpisce innanzitutto per la graziosa ingenuità dell'autrice (dall'alto dei suoi soli 24 anni), che sembra provenire da un mondo sottilmente irreale, fantasioso e reso sulla carta una sorta di "casa del contrappasso formativo": ogni storia, infatti, calca la mano sull'errore umano e le pesanti conseguenze che esso arreca inevitabilmente. Non c'è respiro per la redenzione, tutto viene rappresentato con piglio macabro in contesti apparentemente assurdi. Già, dimentichiamo spesso che il confine fra metafora, similitudine e semplice apparenza sussiste labile, non sempre compreso e fonte di confusione. Cristina Vitagliano gioca in maniera piuttosto goliardica (ma lei sembra un po' un personaggio dei fumetti, aristocratica nel linguaggio e nella cinetica, estremamente simpatica nel vero dialogo con gli altri, pittoresca in tutto il resto) con l'ambiguità che unisce l'idea a ciò che si imprime nella cellulosa, rinvigorendo in tal senso la forza del suo creato. I racconti infondono tristezza per i destini narrati ma al contempo danno coraggio e secernono languore iniziale per liberare voracità nella parte finale. Ora penserete: ma che cavolo vuole dire il "prefattore" (concedetemi la licenza tutt'altro che poetica ma, anzi, sonoramente fastidiosa) con questi sofismi vorticosi? Ve lo dico, ve lo dico: "Racconti del macabro e dell'assurdo" non sarà un capolavoro ma non è banale, al contrario offre ciò che un lettore desidera, vale a dire viaggiare distante da tutto quello che quotidianamente esso si trova a dover affrontare,

liberando la mente nutrendo lo stimolo innato a conoscere nuove forme di espressione intellettuale e nuovi panorami oltre la paranoica verità di ciò che sta, quieto e imperituro. I sette peccati capitali, secondo l'autrice, sono tutti da biasimare ma ancor prima da comprendere poiché - volenti o nolenti - li commettiamo ogni giorno, a volte inconsapevoli, a volte senza l' "in" ma altresì senza ritegno alcuno. I suoi personaggi fantastici - leggendari o buffi che siano – pagano il prezzo di una propensione allo sbaglio che è totalmente umana. Qui scopriamo nuovi, ulteriori significati di un'opera che, al di là della sua carnevalesca veste, sa andare in profondità e scavare, riemergendo con un'ennesima componente che ne arricchisce il nucleo essenziale: il lato psicologico interposto fra conscio e subconscio.
Basta come analisi? Bene, allora a voi l'ardua sentenza. Godetevi queste "macabre assurdità"!

P.S. Cristina, siamo ancora amici? Se sì o no, dimmelo in privato. I lettori rimangano nel dubbio!

Samuele Pasquino

Introduzione

Mio caro lettore, prima di iniziare questa lettura, c'è un qualcosa
di cui voglio avvisarti.
Ognuno di questi racconti fiabeschi si ispira non certo
a una virtù, bensì alle peggiori attitudini e ai più tremendi vizi:
i sette peccati capitali.
Di tutte queste riprovevoli inclinazioni sentirai parlare in questo libro.

Della divoratrice invidia,
della cieca ira,
della lussuria incontrollabile,
dell'ingannatrice superbia,
dell'avarizia crudele,
del distruttivo torpore,
dell'accidia,
e della subdola ingordigia.

E ora ti auguro una buona lettura, con la speranza che da questo
libro tu possa trarre qualche valido insegnamento.

Invidia

Arturo sulla Luna

C'era una volta un ragazzo di nome Arturo.
Arturo aveva esattamente vent'anni e, proprio come suo padre e suo nonno, era diventato un bravissimo sarto, così bravo che tutti gli abitanti della contea di Marton andavano da lui per farsi cucire vestiti, cappelli e ogni sorta di accessori alla moda. Arturo adorava essere un sarto. Nulla avrebbe mai potuto renderlo più appagato del prendere in mano un pezzo di seta grezza e lavorarlo fino a trasformarlo in qualcosa di bello, ma ciò che più lo esaltava del suo lavoro, ciò che lo faceva sentire davvero grande, era cucire papillon.
Questa passione era iniziata molti anni prima. Suo padre stava lavorando a un abito maschile e gli chiese di tagliare del cotone blu per farne un papillon. Arturo obbedì e senza che il genitore glielo chiedesse, iniziò a cucire e ne venne fuori un cravattino di gran classe. I papillon erano diventati in poco tempo il fiore all'occhiello di Arturo ed egli iniziò a cucirne di tutti i colori e con ogni tessuto, inventando nuove linee, nuovi accostamenti, introducendo materiali insoliti, tanto che i suoi cravattini presero a essere richiesti dai gentiluomini di mezzo mondo, che smaniavano per avere manufatti di cotanta eleganza e classe. Ciò che essi ignoravano tuttavia, è che Arturo, tutti i più belli, se li teneva per sé.
L'anno prima della nostra storia, ad esempio, aveva ricevuto in dono dal Duca di Laberè un prezioso tessuto arrivato dall'oriente e con quella stoffa così preziosa aveva cucito un papillon che gli era sembrato bellissimo: era di un delizioso color oro che aveva arricchito con qualche piccolo ricamo color porpora. Arturo finì l'ultima cucitura e guardò la sua opera completamente rapito: la trovò bella e in essa vide un qualcosa di così meraviglioso e unico, che non avrebbe mai potuto condividere con qualcun altro. Dopo averlo indossato, decise di bruciare il resto di quella stoffa, così che nessuno nella contea potesse avere un papillon come il suo. A nulla valsero le richieste degli uomini di Marton e delle altre contee: Arturo tenne solo per sé quell'elegante accessorio, poiché ciò che egli desiderava più di ogni altra cosa, era essere invidiato.
Ti starai chiedendo, mio incuriosito lettore, perché questo giovanotto avesse tale desiderio. Ebbene, la risposta a questa domanda è che Arturo era un ragazzo profondamente invidioso. Sin da quando era piccolo, col suo aspetto goffo e il suo carattere introverso, Arturo non era mai riuscito a farsi benvolere dagli altri e aveva iniziato a rendersi loro ostile. Non era mai stato quello che si dice un "tipo simpatico", non aveva mai brillato in nulla, non aveva amici e l'unica occupazione che invadeva costantemente la sua mente era invidiare gli altri, invidiarli tutti. Si sentiva geloso di chi aveva un aspetto attraente, di chi si distingueva per doti fisiche o per coraggio, ma la cosa che Arturo detestava e invidiava più di ogni altra, era la felicità. Se c'era qualcosa che proprio non riusciva a sopportare era vedere volti giulivi e frivoli sorridere allegri per chissà che idiozie, come per esempio l'amore,

che forse tra tutte le fonti di felicità era quella che lo innervosiva di più. L'unica cosa al mondo che Arturo non invidiava agli altri era il suo elegante, colorato, prezioso e unico papillon. Non era un semplice accessorio, per lui il papillon era una maschera. Era grazie a quel semplice cravattino che egli riusciva a sopportare la vista di famiglie felici e coppie innamorate senza farsi prendere dalla rabbia. Indossava quel papillon e sentiva di poter sopportare tutto, perché lui possedeva un oggetto che nessun altro al mondo poteva ostentare. E Arturo lo ostentava eccome quel suo papillon, il che lo rendeva ancora più antipatico agli occhi dei suoi concittadini, davanti ai quali usava gonfiare il petto e sorridere baldanzoso, giocherellando col suo oggetto prezioso.
Il ragazzo, insomma, non riusciva proprio a farsi apprezzare ed era ben noto per essere un animo invidioso, ma nessuno, proprio nessuno nella contea si sarebbe mai potuto immaginare a cosa lo portò la sua invidia. Mettiti comodo e leggi con attenzione, caro lettore, perché la storia che sto per raccontarti narra proprio di Arturo e della sua invidia, che lo portò fin sulla Luna.
Le disgrazie di Arturo iniziarono quando vicino alla sua sartoria venne aperta una golosissima pasticceria, davanti a cui sfortunatamente Arturo doveva passare tutti i giorni per recarsi ad acquistare tessuti. Non era un grande amante dei dolci, in verità, quindi i suoi passaggi davanti al negozio erano assolutamente distratti e non si era nemmeno ancora premurato di dare un'occhiata al suo interno o di entrare giusto per pavoneggiarsi un po' col suo papillon, per fare presente che il suo creatore aveva una sartoria proprio lì. "In fondo" – pensò – "Sono solo dei pasticceri, probabilmente a loro non importa proprio un bel niente di abiti e cravatte". Purtroppo però, ed è qui che inizia davvero la nostra storia, un giorno Arturo decise di dare la famosa occhiata, tanto per farsi un'idea del vicinato, ed entrò in pasticceria. Lì, dietro il bancone, a riempire croissant con soffice crema pasticcera, c'era la creatura più affascinante che Arturo avesse mai visto. La giovane Marianna era la figlia del pasticcere nonché apprendista, ed era di attitudine bellissima. Coi suoi capelli rosso scuro e gli occhi verdissimi, aveva già attirato l'attenzione di molti uomini a Marton e Arturo finalmente capì il perché di quella massiccia presenza maschile che aveva notato recentemente nel quartiere, ma del resto come dar loro torto. Marianna era splendida e quelle macchioline di crema che cercava di pulirsi dal viso la rendevano ancora più dolcissimamente splendida.
Il povero Arturo, ahimè, con il suo aspetto un po' goffo e tutte quelle lentiggini non aveva alcuna speranza. Anche lui aveva i capelli rossi e inizialmente questo dettaglio gli aveva fatto sentire di avere un qualcosa in comune con Marianna, ma più la osservava, più i suoi capelli rossi spettinati gli sembravano sporchi e disordinati, mentre quelli della ragazza erano lucenti, di uno splendido color mogano al confronto del quale persino il prezioso papillon di Arturo impallidiva.
"Vuoi un croissant anche tu?" – disse improvvisamente Marianna ad Arturo, che, senza nemmeno accorgersene, era rimasto impalato a guardare i capelli color mogano della pasticcera per cinque minuti buoni.

"Oh, ehm... io... sì" – disse imbarazzato Arturo, il cui viso aveva decisamente superato il porpora del suo papillon.
E così il nostro giovane sarto, che di solito era talmente impegnato a invidiare i fisici atletici dei suoi coetanei da non concedersi dolci, morse il croissant e un velo di crema gli schizzò sul naso, facendo ridere Marianna, che invero lo trovò molto buffo. Arturo ricambiò seppure imbarazzato il sorriso e sentì una fitta incredibile al cuore, che sembrava improvvisamente essersi scongelato, pronto per concedersi alla dolcezza. Da quel giorno, Arturo iniziò a recarsi regolarmente alla pasticceria, conscio di non poter più in alcun modo privarsi dei cioccolatini, dei bignè, di quei croissant con la crema macchia nasi, e soprattutto di colei che ridacchiava allegra ogni volta che il naso di Arturo si sporcava. I due divennero presto amici, tanto che Marianna iniziò addirittura ad offrigli qualche pasticcino alla frutta quando il padre non guardava e in poche settimane il cuore del ragazzo era ormai diventato più zuccheroso di quei pasticcini.
Non so dirti, mio caro lettore, cosa frullasse nella testa di Arturo. Non so dirti se sia stato per i pasticcini regalati o per i sorrisi, ma il nostro giovanotto si convinse che anche il cuore di Marianna fosse zuccheroso per lui e iniziò a pensare di invitarla a cena. Provò e riprovò il suo discorso per invitare la sua amata almeno dieci volte, talvolta rivolto a un abito, talvolta rivolto a uno specchio, finché dopo un paio di giorni si sentì pronto per rivolgerlo a Marianna. Finì di confezionare il cappellino in taffetà a cui lavorava da giorni, chiuse la sartoria e si diresse più allegro che mai verso il negozio di Morella, conosciuta nella contea per avere sempre delle splendide orchidee e per essere piuttosto pettegola.
Arturo entrò nel negozio della fioraia e con un enorme sorriso le chiese di consigliarlo per un bel mazzo di fiori. Quando Morella lo vide così sorridente e udì quella richiesta così cortese quasi quasi cadde dalla sedia per la sorpresa.
"E per chi sono caro?" – chiese poi col tono eccitato di chi sta per ricevere un gran pettegolezzo da dire a tutto il vicinato.
"È un segreto" – disse arrossendo Arturo, che certamente non era abituato a ricevere tutta quella attenzione.
"Oh ma devi dirmelo caro, perché... beh, perché se non so chi è la fanciulla che riceverà i fiori non posso dirti quali le si abbinerebbero meglio" – inventò in un lampo la pettegola.
Arturo ebbe un attimo di incertezza, del resto lui e Marianna non erano ancora fidanzati, forse non era saggio farlo sapere già a tutti ma, insomma, il colore dei fiori era importante. Arturo sapeva fin troppo bene quanta importanza avevano i colori negli accostamenti con gli abiti e non poteva rischiare di regalare a Marianna un fiore che non le si addicesse. Così alla fine rivelò a Morella il nome della destinataria dei fiori e con sua grande sorpresa, la fioraia esplose in una fragorosa e sguaiata risata. Arturo si sentì profondamente offeso: come osava quella donna ridergli in faccia? Ma poco importava. Avrebbe smesso di ridere quando il fidanzamento sarebbe stato ufficializzato. Era solo questione di ore e tutti avrebbero smesso, finalmente, di ridere di lui e avrebbero iniziato a rispettarlo.

Morella era ancora intenta a ridere e non smise nemmeno mentre confezionava un mazzo di splendidi lillà. Arturo decise di ignorarla, pagò e uscì stizzito, mentre la fioraia gli gridava "Buona fortuna zuccherino!", ancora presa da quella risata sguaiata.
Con quei profumati fiori tra le mani e il suo papillon più pulito e lucido che mai, Arturo dimenticò in fretta le risate di Morella e si diresse felice come non mai verso il negozio di Marianna, che ormai stava per chiudere. Ancora con un gran sorriso dipinto sul volto, svoltò l'angolo che l'avrebbe condotto direttamente alla pasticceria ma fu a quel punto, che vide qualcosa che gli raggelò il sangue in un istante: Marianna stava baciando appassionatamente un ragazzo. Oscar, per la precisione, il figlio di Morella.
Arturo capì in un agghiacciante istante il perché delle risate della fioraia e mentre focalizzava lo sguardo sulle mani di Oscar che accarezzavano i capelli color mogano di Marianna, i lillà gli caddero di mano.
In un solo istante, un veloce e spiazzante istante, il cuore di Arturo si spezzò.
Era rabbia mista a dolore la sua, un dolore atroce al petto, il dolore che solo un cuore infranto può provocare. E così, Arturo pianse osservando il suo sogno d'amore svanire ancor prima di cominciare, guardando la sua Marianna abbracciare un altro senza nemmeno accorgersi della sua presenza. E se c'era una sola cosa che avrebbe potuto rendere peggiori le cose, beh, accadde anche quella. Morella doveva aver avvisato tutti i vicini della divertente commedia che stava per andare in scena e quando Arturo si voltò, vide una piccola folle ridacchiare dietro di lui.
Con gli occhi ancora annebbiati dalle lacrime calpestò i lillà e corse via, mentre Marianna capiva solo in quel momento di aver spezzato il cuore del gentile e timido cliente, che tutti i giorni si sporcava il naso di crema.
Nei giorni seguenti la sartoria rimase chiusa e tutti si chiesero dove fosse finito quel cuore infranto col papillon. I pettegolezzi si sprecarono e in un paio di giorni tutto il quartiere iniziò ad avanzare ipotesi.
"Secondo me sta ancora piangendo da qualche parte, povero caro" – sosteneva la fioraia.
"No, io dico che si è trasferito in un'altra contea!" – diceva invece il vecchio giornalaio.
Ebbene, il nostro povero cuore infranto non si trovava più a Marton. Aveva deciso di scappare in campagna, dove da piccolo si recava col padre in vacanza, sperando di ritrovare un po' di pace dopo l'umiliazione subita.
Arturo aveva davvero sperato che tornare in quel posto silenzioso e quieto avrebbe leccato le sue ferite, ma più il profumo dei fiori invadeva le sue narici dalla finestra della stanza, più sentiva un odio accecante invaderlo dalla testa ai piedi. Cercò di pensare a qualcosa di allegro, cercò di riposarsi, ma ogni qualvolta i suoi occhi si chiudevano vedeva davanti a sé i lillà cadere in terra, Oscar toccare i capelli color mogano e il suo sonno si riempiva di incubi, in cui la folla sghignazzante rideva sempre più forte, tanto da far sanguinare le sue orecchie. E così, Arturo smise anche di dormire, per non rischiare più di vedere la sua Marianna tra le braccia di

Oscar. Smise di uscire dalla sua stanza il giorno dopo, quello seguente smise di mangiare e lasciò che l'unica a divorargli lo stomaco fosse la sua rabbia.
Ah la rabbia, la rabbia è un sentimento letale: acuisce ogni altra attitudine e la esaspera fino alla follia. L'invidia di Arturo, mescolata a quella grande rabbia, provocò un sentimento di odio, di disgusto così profondi che sembravano non lasciargli
spazio per altro. Marianna doveva essere sua. Sua o di nessun'altro, né ora né mai, né nella contea né altrove.
"Me la pagherà... tutti me la pagheranno!" - urlava disperato Arturo.
L'invidia aveva ceduto il posto alla rabbia, la rabbia all'odio e l'odio l'aveva condotto dritto a una disperazione mortifera che lo portò a pensare, a vagare con la mente verso le più svariate ipotesi di vendetta.
Così gli venne un'idea, un'idea troppo assurda per essere presa sul serio, ma se Arturo non poteva avere la felicità, nessuno avrebbe dovuto averla. Non sapeva ancora come ma aveva deciso di uccidere la fonte di quella felicità così odiosa. Avrebbe ucciso l'amore.
L'idea ti sembra folle, non è vero, lettore? Ammazzare l'amore! Mai si era sentita in tutta la contea un'idea più impossibile! Arrivare fino alla Luna e uccidere Amore... che idea assurda.
Sì perché in effetti, caro lettore, Amore abitava proprio lì, su quella piccola palla che gli innamorati guardano col naso all'insù, passando le giornate insieme ai suoi fidi collaboratori a distribuire l'amore.
Detto così, sembra romantico: Amore sulla misteriosa Luna che disegna piani romantici per coloro che abitano un po' più giù. In realtà le cose erano ben diverse. Non se la passava poi tanto bene il nostro Amore.
A dire il vero, il suo era proprio un lavoraccio. Solo soletto sulla Luna, non aveva idea di cosa volesse dire davvero vivere d'amore. Poteva pensarlo, poteva idearlo, poteva architettarlo, ma poteva conoscerlo solo dai racconti delle sue messaggere, coloro a cui Amore affidava la potenza dei sentimenti per portarli agli innamorati sulla Terra, le sue confidenti, le sue più fedeli emissarie. Le bambole di pezza erano anime perse che Amore aveva recuperato qua e là, attaccando loro un paio di alette e facendole svolazzare su e giù da Lunaria, la maestosa residenza di Amore, che se ne stava lì sempre un po' giù di morale ad aspettare il ritorno delle bambole, per poi rispedirle sulla Terra per altre faccende di cuore. Volavano talmente tanto le bambole, che, poverette, erano sempre tutte rotte: c'era qualche bambola senza braccia e qualcuna, come la povera Tenerezza, aveva perso un occhio. Altre, come Fiamma, si erano dovute ricucire più volte le ali. Le bambole, tuttavia, erano instancabili e nulla le fermava. Non appena una fanciulla si innamorava, il loro compito era quello di volare subito da lei e raccogliere il biglietto con il nome del giovane che voleva far innamorare.
Una volta preso il prezioso messaggio, le bambole aprivano di nuovo le loro alette e si precipitavano sulla Luna per inoltrare la richiesta all'ufficio "ricezione e catalogazione" di Lunaria, dove a lavorare senza sosta, vi erano ormai da tempo il

notaio Biagio - un signore anzianotto molto basso che portava sempre il cappello a cilindro - e la segretaria, Clara. I due lavoravano incessantemente, soprattutto la povera Clara, che pur avendo solo trenta... ehm... quaranta... beh, insomma, non troppi anni; lavorava ormai così tanto da sembrare perennemente stanca ed aveva finito per dimostrare addirittura il doppio dei suoi anni, tanto che i suoi bei capelli corti, un tempo biondissimi, si erano lentamente spenti fino a mutare in un pallido color paglia. Il suo compito era molto faticoso, del resto: doveva accogliere le bambole di ritorno dalla Terra, riunirle nella sala messaggi, registrare le richieste delle innamorate e poi passarle a Biagio, che tra una tazza di tè e l'altra tentava di sottoporre le richieste ad Amore, affinché egli le approvasse o le rifiutasse. Il vecchio Biagio, a quel punto, doveva solo ufficializzare le richieste e tutto ciò era filato liscio fino a qualche mese prima. Da un po' di tempo però, Amore non era più lo stesso, come sottolineava sempre Clara.
"Una volta lavoravamo tutti insieme" – disse un giorno sospirando mentre aspettava l'arrivo di Gioia e Dolcezza.
"Ora invece pensa solo a quegli stupidi quadri e lascia tutto il lavoro grosso a noi!" – aggiunse poco dopo aspettando un cenno di approvazione da Biagio, che nel frattempo sorseggiava il suo tè.
"Purtroppo nulla è più come prima, mia cara" – disse infine il vecchio notaio con una voce incredibilmente stanca – "Lui e i suoi quadri… a volte è così impegnato con i suoi studi che dobbiamo decidere noi se approvare o meno le richieste d'amore. Inconcepibile!"
Effettivamente, caro lettore, devi sapere che Amore da qualche mese aveva un chiodo fisso, un tarlo che lo assillava e che talvolta gli impediva persino di dormire. Aveva scoperto l'adorabile passatempo di studiare i cuori infranti e da allora ne era ossessionato. Essi lo affascinavano così profondamente che talvolta chiedeva alle bambole di portargliene qualcuno; le poverette erano costrette a intrufolarsi di notte nelle stanze degli innamorati non ricambiati o abbandonati e portare via i loro cuori, così che quello strambo di Amore potesse studiarli.
Ed egli teneva in mano quei cuori, li osservava, li descriveva in un taccuino ma soprattutto li dipingeva. Amore infatti, oltre ad occuparsi delle questioni amorose del mondo sublunare, si intratteneva prevalentemente con due attività: dipingere e fumare il sigaro. Si metteva in testa quel basco color porpora che gli aveva cucito Clara per il suo scorso compleanno, fumava una gran quantità di sigari e dipingeva cuori. Era diventata una fissazione per lui, un tarlo che teneva impegnata ogni sua giornata ormai da tempo. Il povero Biagio si ritrovava ogni due per tre a perdere il cappello a cilindro nella fretta di correre qua e là per cercare Amore e Clara, più smunta e magra che mai, non riusciva nemmeno più a finire una sciarpa all'uncinetto da quanto era stanca.
"Inconcepibile!", borbottava continuamente il povero Biagio sepolto dalle scartoffie.
Ma torniamo ai folli piani del cuore spezzato di Arturo, il quale ormai accecato dalla rabbiosa invidia, passava ore intere e immaginare modi per attuare il suo

malefico piano e dopo tanti giorni a rimuginare, ideò una strategia. Quella strategia però, era sporca. Sporca di sangue.
Camminava su e giù per la stanza della locanda parlando alla sua stessa rabbia e ripetendo il suo piano criminale.
"Devo andare sulla Luna" – borbottava tra sé e sé.
"L'unica maniera per arrivare sulla Luna e uccidere Amore è volare. Sì, devo volare, devo volare e per volare…mi servono le ali" – concluse poi tra i suoi deliri sconclusionati.
Mio caro lettore, probabilmente avrai già indovinato i crudeli progetti di quel folle che dopo aver perso la ormai poca lucidità che gli era rimasta, si era messo in testa un tremendo piano criminoso: uccidere le bambole e strappare loro le piccole ali, per poi cucirle insieme e fabbricarne un paio enormi, un paio di ali che fossero abbastanza grandi da portarlo fin sulla Luna. Del resto, se c'era qualcosa che sapeva fare meglio di chiunque era proprio cucire. Ma come, come uccidere le bambole?
Arturo, ormai rapito dalla sua ossessione omicida, si ingegnò anche per questo e si mise a fabbricare una piccola balestra con cui avrebbe ucciso le artefici della sua rovina, coloro che sarebbero state uccise, impregnando per sempre l'anima di Arturo del loro sangue innocente. Ad Arturo però questo proprio non importava: doveva uccidere Amore, doveva farlo per rendere quella vita almeno sopportabile, per non convincersi a puntare quella balestra verso di sé. Egli inoltre sapeva bene dove trovare le bambole. Essendo un sarto così apprezzato nella contea, Arturo conosceva bene quasi tutte le fanciulle che ve ne facevano parte e che spesso e volentieri si recavano da lui chiedendogli abiti e cappelli. Non avrebbe dovuto far altro che appostarsi sotto le case delle fanciulle senza amore e aspettare l'arrivo delle ignare bamboline. Quelle sciocchine del resto non facevano altro che innamorarsi.
Il piano andava effettuato con cura, le morti delle bambole dovevano apparire opera di un misterioso killer e nessuno doveva poter pensare che fosse lui. Arturo doveva essere invisibile.
Si tolse il suo papillon, il suo accessorio più riconoscibile, indossò degli abiti stracciati e si premurò di indossare un cappello quando fece ritorno a Marton, il luogo dove tutte le sue sofferenze erano nate. Cercando di farsi notare il meno possibile sgusciò verso la sartoria e si rifugiò lì e decise di usarla come luogo in cui progettare, cucire e pianificare la morte.
Il giorno dopo decise di entrare in azione e così, dopo aver dato una scorsa alla lista delle fanciulle senza amore, decise di cominciare da Magnolia Treison, una giovane ragazza che abitava a pochi isolati dalla sartoria. Armato di balestra, si diresse all'alba verso la grande villa in cui abitava Magnolia e si nascose dietro a un cespuglio. Nell'attesa, indossò di nuovo il suo papillon: gli era sembrato adatto per un'occasione di così brutale eleganza.
Arturo era preparato all'idea di aspettare anche per giorni ma sorprendentemente una macabra fortuna gli venne incontro e, dopo una sola ora, un'ignara bambola

svolazzò allegra verso la finestra della fanciulla. Arturo era pronto, era carico di odio e nulla gli importava se stava per spezzare una vita innocente. Attese con pazienza e dopo alcuni minuti accadde ciò per cui si stava preparando da giorni: puntò con la sua balestra verso la bambola e con un colpo perfetto la centrò alla testa ed ella stramazzò al suolo, ormai senza vita. Con un ghigno di perversa soddisfazione, l'assassino si avvicino alla povera bambola deceduta e con le sue forbici esperte da sarto, le tagliò le ali e nascose il piccolo corpicino in una buca da lui scavata poco lontano.
Il primo di una lunga serie di crudeli delitti era stato compiuto: Arturo era un assassino. I suoi misteriosi e perversi omicidi divennero cosa pubblica in pochissimo tempo, a Marton e non solo.
"Quante ne sono sparite oggi, Biagio?" – chiese preoccupato Amore guardando il suo ultimo quadro.
"Oggi non si sono più avute notizie né di Infatuazione né di Amorevolezza, purtroppo" – disse Biagio col volto crucciato.
"P-povere bambole – singhiozzò Clara in lacrime - Ma chi può aver fatto loro qualcosa? Chi?"
"La situazione è grave, signore" – aggiunse poi Biagio guardando Amore in modo severo, che dal canto suo continuava a fissare il suo quadro e non rispose.
Biagio e Clara si scambiarono uno sguardo stizzito e infine Clara aggiunse:
"Le bambole ormai hanno paura, alcune si rifiutano di tornare nel mondo sublunare e le cose laggiù stanno prendendo una brutta piega. Sono già dodici le fanciulle disperate e senza amore".
"Lo so, Clara. Chiedi alle bambole più coraggiose di tornare nel mondo sublunare e di indagare sull'accaduto. Dobbiamo scoprire cosa sta succedendo." – rispose Amore accendendosi un sigaro.
In realtà egli era davvero preoccupato per le strane sparizioni del mondo sublunare, ma proprio non riusciva a distogliere l'attenzione dal suo ultimo quadro: ritraeva il cuore infranto di una fanciulla abbandonata dal proprio fidanzato. Amore aveva osservato a lungo quel cuore, ne aveva osservato le proporzioni, aveva riportato le sue caratteristiche, aveva studiato ogni singola arteria, eppure proprio non riusciva a capire come si fosse infranto in quel modo, come avesse potuto distruggersi tanto da rendersi irriconoscibile e per quanto fosse preoccupato per le bambole, quel rompicapo catturava tutta la sua attenzione.
"Inconcepibile! - borbottò Biagio quasi fumante di rabbia mentre dall'interno dell'ufficio osservava Amore in contemplazione della sua opera – "Le nostre bambole scompaiono nel nulla e a lui importa solo di quei dannati cuori!"
"Possiamo solo sperare che queste sparizioni finiscano" – sospirò Clara asciugandosi le lacrime nel suo vecchio scialle un po' consunto.
Purtroppo nei giorni a seguire, le speranze di Clara e Biagio andarono in frantumi quanto il cuore che ossessionava Amore. Arturo era ormai in preda al delirio e si accingeva a spezzare la vita della tredicesima bambola. Si era nascosto dietro un albero del giardino di Villa Gerbera, dove risiedeva la giovane Penelope Penton,

che si era perdutamente innamorata del figlio di un conte e attendeva con trepidazione l'arrivo di una bambola, la quale non si fece attendere molto. Non appena Arturo scorse quel paio di ali, tese la sua balestra assassina e mirò verso la povera bambola. Arturo tuttavia, non era certo un abile arciere e la sua freccia, questa volta, colpì la bambola solo di striscio. La povera Dolcezza tentò di volare via ma la grave ferita la fece precipitare al suolo. Arturo era in preda al panico, corse verso di lei per assicurarsi che fosse morta ma quando arrivò al suo capezzale vide che la bambola era ancora viva. Dolcezza respirava a stento ma era viva, i suoi occhi semiaperti ormai avevano visto il viso folle di Arturo, il quale, cosciente di non avere altra scelta, prese una freccia e trafisse la bambola. Ella lo guardò per un ultimo intenso istante e poi morì, lasciando però una traccia indelebile di sé. Quando Arturo l'aveva trafitta, il suo sangue era schizzato verso l'alto e una piccola goccia rossa era andata a posarsi sul prezioso papillon di Arturo. Il giovane invidioso era furibondo ma non perse tempo e seppellì la prova del suo orribile delitto. Tornato alla sartoria, cercò disperatamente di togliere la macchia rosso sangue dal papillon ma per quanto ci provasse, sembrava impossibile: una macchia indelebile che gli avrebbe perpetuamente ricordato il suo assassinio. Arturo amava troppo quel papillon e in fondo la macchia rossa non era poi così diversa da quel tocco di porpora che colorava il prezioso tessuto, così decise di ignorarla e di continuare a portare con fierezza il suo adorato cravattino. Del resto, erano necessarie ancora diverse ali per completare la sua opera e non c'era certo tempo per perdersi in isterismi. Ormai, inoltre, le sparizioni delle bambole erano diventate di dominio pubblico e le fanciulle esitavano sempre di più a chiamarle. Doveva agire in fretta.

Così, i giorni passarono, le bambole morirono e gli ormai sempre più infelici abitanti della contea camminavano ignari su quello che stava diventando un enorme cimitero di bambole di pezza.

Dopo qualche settimana, dopo l'ennesimo assassinio, le vittime erano diventate ventidue e Arturo decise che aveva abbastanza ali per costruire le sue. Quella notte si mise all'opera. Cucì e ricucì tutta la notte, finché non ebbe un grosso, candido paio di ali perfette per il suo volo verso la luna. Un po' sporche di sangue qua e là, sì, ma perfette.

"Finalmente... finalmente! – urlò l'artista in preda al delirio osservando la sua opera – "Finalmente... finalmente la mia vendetta si avvicina. Quegli sciocchi innamorati e felici... tra poco non sapranno più cosa sia l'amore e vivranno infelici! Nessuno sarà mai più felice!".

Con questo rincuorante pensiero, che si ripeteva di continuo per incrementare la sua sete di vendetta, Arturo si preparò al grande viaggio sulla Luna: legò le ali alle sue spalle e la balestra a un fianco con delle corde, mise in tasca anche un pugnale, perché le armi non sono mai troppe, e finalmente si preparò a iniziare il tanto atteso volo.

Era notte fonda e gli infelici abitanti di Marton dormivano sonni agitati e senza amore, ma Arturo si sentiva eccitato come mai prima di quel momento. Si guardò

intorno, guardò le case spente e lugubri, scorse di sfuggita la pasticceria e si chiese se anche Marianna fosse infelice. Ma in fondo non gli importava più, ormai la sua missione era diventata qualcosa di più grande. Chiuse gli occhi e sentì la fresca brezza estiva su di sé, spiccò il volo e la brezza divenne vento che gli sferzò la faccia portandolo sempre più su verso il cielo.
Mentre sulla Terra il volo di Arturo iniziava, un po' più su Amore si disperava. Le bambole di pezza sopravvissute al crudele sterminio si rifiutavano ormai di andare nel mondo sublunare, ignare del fatto che il reale pericolo si stava loro avvicinando.
"Signore, vi prego!" – urlò Amore davanti a una folla di bambole di pezza terrorizzate e arrabbiate – "So che siete spaventate ma..."
"Spaventate??" – urlò Fiamma tutta rossa in viso e con un'ala spezzata – "Noi non siamo solo spaventate, siamo letteralmente terrorizzate! Devozione è sparita solo l'altro ieri!"
"Sì sì..." – cercò di giustificarsi Amore – "Ma dopo questa triste, tristissima sparizione non ce ne sono state altre, no? E... voi dovete ricominciare a lavorare signore, mi dispiace."
A queste parole dalle bambole si levò un infuriato coro di "No!" e "Non se ne parla!".
"Non potete lasciare il mondo sublunare senza amore! E inoltre..." – Amore non finì la frase, non poteva certo dire ad alta voce che le bambole gli servivano per avere nuovi cuori da esaminare, ma l'assenza di nuovo materiale si stava facendo intollerabile. Doveva convincerle a tutti i costi e stava giusto iniziando a pensare a come iniziare il suo discorso quando si bloccò improvvisamente e iniziò ad annusare l'aria. Quell'odore... quell'odore acre... non poteva essere, eppure si stava avvicinando.
"Signore...?" – disse timidamente Biagio.
"Biagio..." – disse con un sorriso incredulo ed eccitato – "Non... non senti questo odore?"
"Non saprei, signore, ma abbiamo questioni importanti da risolvere" - ribatté stizzito Biagio.
"Oh ma questo è molto importante, Biagio. Ho sentito l'odore di un cuore infranto" – continuò sorridendo – "Riconoscerei questo odore tra mille altri." Si interruppe per un attimo e ad occhi chiusi riprese ad annusare l'aria.
"È così intenso... ed è vicino. Questo è molto strano... sento... dolore, angoscia, rabbia, invidia. Questo cuore soffre moltissimo, ma perché è così vicino? Di chi è questo cuore e come fa a essere vicino alla Luna?" – disse Amore quasi sussurrando.
"Biagio, prendi subito il cannocchiale e cerca di capire che diavolo è!"
Biagio si mise subito all'opera e dopo aver osservato per qualche minuto, finalmente parlò.
"Eccolo! È... è un ragazzo ma... che stranezza."
"Cosa Biagio? Dimmi!" – intimò Amore.

"Inconcepibile..." – rispose Biagio anch'egli sussurrando.
"Biagio, non farmi stare sulle spine! Parla!"
"Il ragazzo sta volando fino a qui con delle ali! Oh cielo. Sono le ali delle bambole... le ha cucite tutte insieme! È... è lui che le ha fatte sparire! Deve aver rubato le loro ali".
Nel sentire questa notizia le altre bambole di pezza iniziarono a piangere disperatamente e ci fu qualche minuto di gran confusione.
"Bambole, vi prego, calmatevi! Non gli permetteremo di farci ancora del male!" – urlò Amore per tranquillizzarle.
"Ma signore! Il ragazzo è armato, ha un grosso arco con sé e delle frecce!" – rispose allarmato Biagio.
Amore prese il cannocchiale e iniziò a guardarci dentro. Per qualche minuto si limitò a osservare, poi si voltò con un'espressione grave verso le bambole e iniziò un discorso carico di angoscia ma allo stesso tempo di una strana eccitazione.
"È evidente" – esordì in tono solenne – "Che questo ragazzo abbia un cuore mortalmente infranto, uno dei più spezzati che abbia mai visto devo dire e probabilmente sta venendo qui per vendicarsi di me. Noi non possediamo armi, quindi dovremo agire con astuzia. Lo inganneremo: io fingerò di conoscere la sua disperazione e di essere pentito per non avergli concesso l'amore, lo farò parlare e nel frattempo tu, Biagio, preparerai un tè molto speciale per il nostro ospite. Vai nelle mie stanze e prendi tutta l'essenza di Mardiluna che trovi, è un potente sonnifero che lo farà addormentare in poco tempo una volta che glielo avremo offerto".
Biagio gli rivolse uno sguardo di rimprovero.
"Se proprio lo vuoi sapere Biagio, a volte non riesco a dormire. E tu Clara, tu dovrai accogliere l'assassino e mandarlo al mio laboratorio di pittura; voi bambole invece, andate a nascondervi nella stanza di Clara."
Tutti acconsentirono e iniziarono a prepararsi all'arrivo dell'assassino. Amore, tolse delicatamente dal cavalletto il suo ultimo dipinto e sistemò una tela vuota che guardò con una certa eccitazione. Stava giungendo verso di lui un cuore terribilmente infranto e per nulla al mondo l'avrebbe lasciato andar via. Si sistemò su una sedia fumando il suo sigaro e attese.
Attesero per due ore, ma alla fine l'ospite tanto atteso arrivò. Arturo era atterrato sulla Luna.
"Buonasera! La stavamo aspettando!" – gli disse subito Clara andandogli incontro con finta allegria.
"Che cosa? Mi stavate aspettando? Ma come...?" - disse confuso Arturo.
"Ma certo che l'aspettavamo. Il signor Amore ci aveva avvertiti. C'è stato... ehm... un errore con lei a quanto pare e... insomma, Amore vorrebbe davvero rimediare."
Arturo era sconvolto. Poteva davvero essere un errore? No, non poteva. Amore doveva morire.
"Mi segua" - disse Clara all'ospite turbato.
Arturo la seguì seppur piuttosto smarrito.

"Io ucciderò Amore" – pensò tra sé e sé – "E nessuno me lo impedirà!"
I due giunsero al laboratorio di pittura e ad aspettarli c'era proprio Amore, intento a fumare il suo sigaro con tanta avidità e concentrazione da non accorgersi dell'arrivo di Arturo e di Clara, che si schiarì la gola nervosamente e lanciò ad Amore un'occhiata furibonda.
"Oh, ma certo" – disse Amore sussultando – "Benvenuto, benvenuto."
"Si accomodi" – aggiunse sorridendo nervosamente e cercando di non far trasparire la sua eccitazione per quel cuore dall'odore così acre, così distrutto, che era talmente vicino da dargli quasi alla testa.
"Sono felice che lei sia qui, ehm... signore. Abbiamo un'incresciosa questione da risolvere, dico bene?" – disse Amore guardando con la coda dell'occhio Biagio, che si diresse a preparare il tè.
"Io... io non capisco" – disse Arturo con aria stralunata – "Di che errore parla?"
"Lei non ha avuto il suo amore, è evidente. Ma le devo fare davvero i complimenti per il suo papillon, è delizioso" – disse Amore con un tono di strana allegria. Egli si stava dedicando all'arte del temporeggiare, ma senza volerlo aveva toccato l'unica corda con cui pungere Arturo, l'unico oggetto che Arturo non invidiava, di cui andava fiero e che gli procurava orgoglio. Nel sentire quel complimento, il giovane invidioso arrossì vistosamente e cominciò a giocherellare col suo prezioso accessorio.
"È davvero un oggetto unico, credo di invidiarglielo" – disse ancora inconsapevolmente Amore, senza sapere che le sue parole stavano colpendo il folle Arturo come un getto d'acqua gelida. Il giovane invidioso non si era mai sentito rivolgere quella parola in tutta la sua infelice vita. Mai prima di quel momento si era sentito dire di essere invidiato. Per un istante si sentì felice, sentì di essere meno miserabile e proprio in quel momento si fece vulnerabile, iniziò a pensare che quell'uomo così gentile forse aveva davvero commesso un errore.
"Lei... lei mi deve una spiegazione! C-cos'è questa storia dell'errore? Io ho visto Marianna con Oscar! Era un errore?"
"Oh, certo... Marianna"- disse Amore cogliendo la palla al balzo – "Sì, certamente è stata una svista. Sa, i miei collaboratori lavorano senza sosta e ogni tanto può capitar loro di sbagliare" – aggiunse sempre cercando di non annusare troppo quell'aria ormai quasi rarefatta dall'odore del cuore.
Arturo era più pallido e smarrito che mai, era stato tutto un errore. Marianna sarebbe stata sua alla fine?
"Lei..." – disse deglutendo la sua folle ossessione – "Lei mi vorrà quindi? Lascerà Oscar?"
"Ma certamente, mio caro ehm... innamorato scontento."
Arturo fece una piccola risatina dal tono isterico. Ormai la follia si era impossessata di lui ma quella notizia l'aveva scioccato ancora di più. Avrebbe avuto Marianna finalmente, era stato tutto un equivoco, tutti quegli stupidi... Oscar, Morella... tutti loro alla fine si sarebbero pentiti di aver riso di lui, e così rise, iniziò a ridere come non aveva mai riso prima.

Amore rise fintamente con lui, sapendo di averlo ormai abbindolato.
"La prego, mio caro amico, accetti una tazza di tè in dono, con tante scuse per questo increscioso equivoco" – disse in tono mellifluo.
Arturo, ancora in preda alla sua ingenua e folle gioia, bevve la bevanda tutta d'un fiato e cominciò immediatamente a sentire gli occhi pesanti.
"Che mi succede?" – chiese un po' assonnato.
"Oh, nulla di grave mio caro innamorato, lei sta per fare un lungo sonno".
Subito dopo aver sentito queste parole, queste ultime parole, Arturo cadde in un sonno profondissimo da cui per nulla al mondo si sarebbe risvegliato.
Amore guardò il ragazzo stramazzare al suolo e si sentì anche lui incredibilmente felice.
Il più ferito, il più infranto di tutti i cuori era finalmente a sua disposizione, lo avrebbe avuto tutto per sé. Osservò per un istante di gioiosa intensità il corpo dell'addormentato Arturo, estrasse dalla sua tasca il pugnale e lo diresse proprio verso il suo proprietario, praticandogli un enorme incisione su petto.
Prelevò il cuore di Arturo. Quel cuore dall'odore talmente acre da essere nauseante, così infranto da essere irrimediabilmente perfetto. Lo osservò con ammirazione e iniziò a dipingere sulla sua tela fresca di nuovo.
Da quel giorno, tutti gli abitanti del mondo sublunare poterono continuare a godere dell'amoroso piacere della felicità e in quanto ad Amore, la sua ossessione per i cuori non finì. Continuò a rubarli e a dipingerli fumando il suo sigaro, con un delizioso papillon color oro e rosso sangue al collo.

Ira

Tebì

C'era una volta, nelle campagne della Provenza, un paesino piccolo piccolo.
I suoi abitanti erano solo cento e il suo nome era Dejeunè. Tra questi abitanti vi era anche il giovane Tebì.
Tebì aveva diciassette anni ma pochi giorni dopo i fatti che ti narrerò, mio caro lettore, ne avrebbe compiuti diciotto. I suoi genitori, così amorevoli e umili, erano intenti a preparare per lui una grande festa e, come dono di compleanno, gli avrebbero concesso di lavorare nella loro fattoria. Ora che il ragazzo stava per compiere diciotto anni, infatti, era finalmente pronto per seguire la sua famiglia e diventare un fattore, e tutto il villaggio era in fermento per la festa. C'era chi preparava torte, chi confezionava regali e chi imparava canzoni di compleanno. Tebì, mio caro lettore, era davvero molto amato dagli abitanti del villaggio, poiché gli era un giovane educato e gentile, uno di quei classici ragazzi con la faccia pulita che tutte le mamme avrebbero voluto come figlio: capelli color biondo scuro, occhi nocciola e guance così rosee che tutte le signore di Dejeunè ogni tanto andavano a strizzare. Un giovanotto più che adorabile insomma, ed è per questo che sua madre Florence era così fiera di lui. Come avrebbe potuto, del resto, non essere grata per aver avuto un figlio così dolce e amato da tutti. Non esisteva una persona in tutto il paese che non apprezzasse Tebì. Anzi, forse una c'era.
Christian Malpère aveva la stessa età di Tebì. L'unica differenza era che in paese proprio a nessuno importava se Malpère (ebbene sì, lui preferiva essere chiamato per cognome) stesse per compiere gli anni. Quel ragazzetto bassino, con quei capelli biondi quasi bianchi e lo sguardo irascibile non era certo uno di quelli a cui un intero paese poteva organizzare una festa. Sarà perché la madre lo aveva abbandonato quando era piccolo, o perché in paese si diceva che fosse sporco, chi lo sa, fatto sta che Malpère era probabilmente il soggetto più detestato di tutta Dejeunè: frequentava gli ambienti meno raccomandabili, rubacchiava e lavorava qua e là per potersi permettere la stanza in cui abitava. Figuriamoci se qualcuno si sarebbe mai ricordato del compleanno di uno così, eppure Malpère avrebbe raggiunto la maggiore età esattamente quattro giorni dopo Tebì e il fatto che quel perfettino fosse così festeggiato ogni singolo anno, mandava Malpère su tutte le furie. Camminava per le strade con in mano la solita bottiglia di birra e non poteva far altro che vedere pacchi regalo ovunque, gente che scriveva biglietti e parlava eccitata del grande evento che li attendeva.
Più Malpère li sentiva e più li malediceva, più ascoltava voci allegre e frivole confrontarsi su che abiti indossare quella sera e più imprecava, più si avvicinava il grande momento e più Malpère si infuriava. Andò avanti a infuriarsi e covare invidia finché una sera, seduto al solito squallido pub, decise di movimentare un po' l'atmosfera, di architettare un bel piano per distruggere Tebì, per rovinare ogni suo rapporto e credibilità.
"Che venisse a farsi un giro tra noi reietti, il principino" – disse tra sé e sé prima di buttare giù un bicchiere di liquore.

Dopo aver smaltito un po' di alcol, Malpère si mise a meditare sul come distruggere la perfetta immagine del ragazzo della porta accanto, del figlio perfetto e del giovane promettente. Era palese che l'unica soluzione fosse fare di lui un criminale, o perlomeno far credere a tutti che lo fosse.
Di buon mattino, Malpère si appostò vicino alla casa del malcapitato, in attesa della sua uscita di casa.
"Tebì! Che piacere vederti amico mio! – disse con un sorriso grande almeno quanto falso.
"Malpère? Sei tu?" – rispose stupito Tebì, che di certo non era abituato a sentirsi rivolgere da lui nulla che non fossero sguardi ostili.
"Certo che sono io. Sono qui per festeggiare il tuo compleanno!"
"Cosa? Cioè tu... davvero?" – chiese un incredulo Tebì.
"Sì certo. È fra tre giorni vero?"
"Sì, esatto. Non... non credevo che lo sapessi".
"Oh, e come potrei non saperlo?" – rispose Malpère serrando forte i pugni per la rabbia – "In città non si parla d'altro".
"Ah, ti riferisci alla festa? Sì, beh, i miei genitori stanno facendo le cose un po' in grande" – disse imbarazzato Tebì.
"I tuoi, eh? E tu? Quando andrai a divertirti un po'?" – chiese astutamente Malpère.
Tebì sorrise imbarazzato, quella conversazione era la cosa più strana che gli fosse capitata da tempo, vedere Malpère così gentile poi... era davvero la prima volta.
"Io... che intendi per divertirmi? Insomma la festa sarà molto..."
"Tebì, Tebì. Lascia che ti spieghi una cosa" – disse Malpère sfoderando un gran sorriso – "Ora tutti ti hanno a cuore perché ti vedono come un bambino. Il piccolo, dolce e tenero Tebì, ma non ti rispetteranno mai se fai sempre tutto quello che ti dice la mamma. Stai per compiere diciotto anni, sei un uomo, e loro non ti rispetteranno finché non dimostrerai di esserlo. Esci con me stasera, e vedrai che presto tutto il villaggio avrà stima per te. Ho preparato una splendida sorpresa per noi".
"Una sorpresa per... wow... Malpère io davvero non me l'aspettavo e ti ringrazio tanto solo che..."
"Solo che?"
"I miei genitori non mi permetteranno mai di uscire stasera! Io... vorrei davvero ma..."
"Inventati qualcosa, no? Ce l'avrai un po' di fantasia in quella bella testolina o no?" – disse Malpère ora in tono di sfida.
"Allora è deciso" – continuò Malpère – "Ci si vede stasera al pontile".
Dette queste parole, girò i tacchi e se ne andò. Il povero Tebì fu combattuto per tutto il giorno. In parte l'idea di mentire ai suoi genitori e andare chissà dove proprio con Malpère lo terrorizzava, ma lui era stato molto gentile e forse aveva ragione. Tutte quelle signore che lo adoravano, lo vedevano ancora come un bambino, mentre forse era arrivato il momento di diventare uomo.

I dubbi lo tormentarono per tutta la giornata, ma alla fine Tebì decise di buttarsi in quella piccola trasgressione. Rincasando la sera mentì ai genitori, troppo innamorati di lui per pensare che il figliolo adorato potesse farlo, dicendo loro che si sarebbe recato al lago dopo cena per pescare qualche pesce.
Il nostro pesciolino, purtroppo, aveva abboccato al perfido amo, un amo che non avrebbe portato altro che disgrazie e dispiaceri. Ad aspettare la sua preda al pontile, c'era un Malpère più infido e deciso che mai a raggiungere il proprio obiettivo: rovinare la vita di Tebì e in fondo, forse, anche sentirsi meno solo.
"Che pensavi di fare?" – chiese subito Tebì, che, per la grande trasgressione commessa, era agitatissimo e frenetico.
"Stai calmo, amico, rilassati" – gli rispose Mapère passandogli un braccio intorno alla spalla – "Andiamo a berci qualcosa".
"Bere? Io non credo che..."
"Rilassati Tebì, questo posto ti piacerà".
Ma come avrebbe mai potuto piacergli un postaccio del genere. La Taverna delle Quattro Rane era un posto sudicio di vino e tabacco, famoso per essere frequentato da gente molto poco raccomandabile. Tebì non aveva mai nemmeno pensato prima di metterci piede. Entrando, avvertì odori nauseabondi, vide enormi ragni sbucare dagli angoli e grossi topi rubare cibo da terra. Stava quasi considerando l'ipotesi di fingere un malore e andarsene, che Malpère senza perdere tempo gli aveva già messo un bicchiere in mano.
"Tebì, amico mio, voglio brindare a te e al tuo compleanno".
"Ma io non ho mai bevuto, i miei genitori mi hanno sempre detto di aspettare il giorno della mia festa dei diciotto anni per farlo e io..."
"Tebì, possibile che io debba sempre spiegarti tutto? Devi essere preparato per questa... ehm... grande serata".
"Che intendi?" – chiese Tebì.
"Intendo che devi bere, adesso. Così saprai già com'è e ti sentirai meglio quando dovrai farlo alla festa".
"In fondo... è solo un sorso no?" – disse Tebì un po' intimorito.
Bevve un sorso di quel vino dolciastro e, cosa tragica, la bevanda gli piacque tanto che, incitato da Malpère, continuò a bere, fin quando ogni cosa sembrò confusa e ogni azione lecita. I due ubriachi continuavano a sprofondare nel loro oblio e Malpère, che molto meglio sapeva tenere testa al vino e all'assenzio, aspettò che Tebì fosse del tutto indifeso per incastrarlo nella sua trappola.
"Ok... ok, basta bere adesso" – disse a un certo punto Malpère al povero e brillo Tebì – "Ora posso finalmente dirti in cosa consiste la mia sorpresa".
"Sorpesa... sorpresa, scusami" – sbiascicò Tebì.
"Noi andremo nella fattoria del vecchio Louis e gli ruberemo quanti più animali riusciamo, faremo fare loro una bella passeggiata e poi li riporteremo indietro. Queste sono cose da uomini" – disse Malpère dando una pacca sulla spalla a quell'ingenuo di Tebì, che ovviamente non poteva sapere che il suo finto amico non aveva alcuna intenzione di riportare il frutto della rapina a casa, ma voleva

invece condurre gli animali alla fattoria di Tebì, così che tutti la mattina dopo vedessero il loro piccolo beniamino perfetto, completamente ubriaco e con gli animali rubati. Il povero Tebì, purtroppo, aveva momentaneamente perso parecchie facoltà intellettive e accettò senza riserve il piano che gli era stato proposto. I due ragazzi si diressero verso la fattoria del vecchio Louis, un fattore conosciuto dal villaggio come burbero e assai poco socievole. In paese non lo si vedeva mai e strane leggende si raccontavano sul suo conto: si diceva che il vecchio fosse così affezionato ai propri animali, che al momento della loro morte ne conservava i cadaveri impagliandoli e li tenesse tutti in casa con sé. Qualcuno giurava persino di averli visti. Ma il povero Tebì, vittima dell'alcol, non era in grado di rifiutarsi. Quanto a Malpère, lui ricordava benissimo le leggende sul vecchio Louis ma non gli importavano: il suo unico scopo era fregare Tebì e mandare a monte la sua festa.
Ci vollero solo pochi minuti e, alla fine, i due ragazzi arrivarono all'ingresso della fattoria.
"Mi raccomando" – disse un eccitato Malpère – "Non fare rumore e vedrai che il vecchio non ci scoprirà. Entreremo da qui, scavalcando questo cancello. Una volta entrati, correremo verso la stalla e, dopo aver preso gli animali, scapperemo verso i boschi a nord; non ci sono muri né cancelli da quel lato".
Malpère, ovviamente, quella stessa mattina aveva perlustrato l'intera zona e oltre ad aver scoperto il varco verso i boschi, aveva anche studiato una strada molto veloce per arrivare alla fattoria di Tebì.
"Ancora qualche ora e Dejeunè si sveglierà per le urla del vecchio" - pensava Malpère tra sé e sé mentre si preparavano ad agire.
"Come facciamo a prendere gli animali?" – chiese confusamente Tebì.
A sentire quella domanda, Malpère scostò appena il giacchino e, sorridendo con un ghigno degno del peggiore delinquente, mostrò a Tebì due pugnali che aveva infilato nella giacca.
"Li slegheremo con questi! Ora andiamo".
E così i due ladri improvvisati si avviarono ignari verso quella che di lì a poco sarebbe stata la loro rovina. La stalla era proprio davanti a loro, proprio di fianco alla casa del vecchio Louis.
"Tu slega quell'asino, Tebì, io penso alla mucca".
I ladri improvvisati iniziarono a slegare i rispettivi animali. Tutto sembrava filare per il verso giusto in realtà, finché una gallina, fece precipitare la situazione in un secondo. La gallina infatti, accortasi del pericolo, andò verso i due ladri chiocciando molto forte e beccando i loro piedi.
"Maledetta gal-li-na!" – sbraitò Mapère cercando di scacciarla – "Se continua a fare questo rumore il vecchio si sveglierà!"
E infatti, mio caro lettore, non appena il ladruncolo finì la frase, un rumore di passi infranse il momentaneo silenzio. Il vecchio Louis si era svegliato.
"Tebì! Sbrigati a slegare quella mucca! Dobbiamo andarcene subito!" – disse Malpère in preda al panico.

Tebì voleva concentrarsi, ci stava provando davvero, ma quella gallina continuava a chiocciare e il rumore era troppo fastidioso. I ragazzi andarono presto nel panico e così, spinti dalla fretta di fuggire, oltre ad asino e mucca, decisero di prendere con loro anche la gallina urlatrice.
Il bizzarro gruppetto fuggiva ora verso i boschi, con il vecchio Louis alle calcagna. Carico d' ira, il vecchio aveva riconosciuto immediatamente un segnale di pericolo nelle urla della sua gallina e, bastone alla mano, tentava di seguire a tentoni le tracce dei suoi animali. Nel frattempo, Tebì e Malpère correvano il più disperatamente possibile tirando gli animali ma il bosco non si stava rivelando un ambiente adatto alle gare di corsa. Tra i rami che li facevano inciampare e gli animali che facevano resistenza, i due andavano a rilento ed erano certi, o perlomeno Malpère lo era, che a breve, il vecchio li avrebbe raggiunti.
"Cosa faccio… cosa faccio?" – continuava a ripetere disperato Malpère – "Se continuiamo a correre ci troverà e se ci fermiamo ci prenderà... non voglio finire impagliato anch'io, che diavolo!"
Tebì, dal canto suo, stava lentamente tornando in sé a causa della grande angoscia che lo assaliva, e cominciava a realizzare pienamente in che razza di guaio si era cacciato.
"Che cosa facciamo, Malpère? Se il vecchio Louis ci trova... ho paura!"
"Stai calmo" – disse sempre più nervosamente Malpère – "Ci nasconderemo qui dietro, dietro questo pietrone e... speriamo solo che non ci veda".
E così, i ladruncoli si nascosero insieme alla loro refurtiva. Per un lunghissimo istante, sembrò davvero che quel nascondiglio di fortuna li avrebbe protetti. Purtroppo, però, i due ladruncoli non avevano tenuto conto che uno dei loro compagni di viaggio era proprio la gallina che, se per qualche minuto aveva taciuto, decise in quel momento di ricominciare a chiocciare e lo fece ancora più forte di prima. Il rumore era intenso, uno di quei rumori così fastidiosi da fare impazzire e che indusse anche gli altri due animali a urlare i loro versi. Ora il concerto era assordante, insopportabile, sempre più forte, finché all'improvviso solo dei colpi e dei rantoli, poi il silenzio. Malpère era in piedi davanti agli animali col pugnale in mano, i vestiti sporchi di sangue e gli occhi iniettati di veleno e disperazione. Tebì, impietrito, continuò a fissarlo con occhi sbarrati e per qualche secondo non disse nulla. Malpère aveva pugnalato al cuore i tre animali.
"Scappiamo" – farfugliò l'assassino – "Scappiamo!!"
Prese per un braccio Tebì, ancora incredulo, e iniziarono la loro folle corsa continuando a correre senza mai voltarsi, finché non furono alla fattoria di Tebì.
"Noi non diremo niente a nessuno, hai capito Tebì? Sarà il nostro segreto".
"Si… nessuno" – balbettò il povero Tebì ancora sotto shock.
I due si separarono e si misero entrambi a dormire, in un sonno molto agitato.
Il vecchio Louis, nel frattempo, andava a tentoni nel bosco, in cerca dei ladri, quando scorse un becco che spuntava da dietro a un masso. Scoprì i cuori massacrati dei suoi adorati animali e un'enorme, atroce, furibonda ira iniziò a montargli dentro. L'uomo amava quegli animali più di ogni altra cosa. Essi erano il

suo affetto, la sua famiglia, li amava così tanto che effettivamente non se ne riusciva a separare. I pettegolezzi sugli animali impagliati infatti, non erano affatto semplici pettegolezzi. Era proprio vero che il vecchio Louis, quando uno dei suoi animali moriva, pur di non separarsene svuotava il corpo dagli organi e lo riempiva di paglia; perché lui, in fondo, proprio come Malpère, non ne poteva più di sentirsi solo e in questo modo i suoi cari erano sempre con lui. Ma i suoi adorati amici non erano semplicemente morti. No, erano stati assassinati, pugnalati al cuore. La sua ira, poi, crebbe ulteriormente e diventò sempre più cieca e incontrollata quando per terra, poco lontano da lì, trovò un pugnale: era il pugnale di Tebì, caduto dalla sua tasca durante la corsa disperata.

A questo punto, mio preoccupato lettore, c'è qualcos'altro che devi sapere. Ti racconterò una piccola storia. Il vecchio Louis non era certo sempre stato vecchio. Ci fu un tempo in cui era un giovane come tanti e a un tratto si accorse di avere dei poteri magici. Louis li usava per fare del bene: faceva piovere quando da tempo c'era siccità, preparava pozioni per curare gli abitanti del suo villaggio e da tutti era stimato e rispettato. Da tutti, ma in modo particolare da una ragazza, la bellissima Marie. Louis e Marie si innamorarono e dopo qualche anno di amore spensierato si sposarono e vissero una vita molto felice per alcuni anni, fin quando, purtroppo, Marie si ammalò di un male oscuro e terribile. Louis, disperato, si appellò a ogni magia che conoscesse e anche a quelle che non conosceva, tentò ogni strada ma alla fine, la sua adorata Marie morì. Louis ne fu così addolorato che iniziò a invecchiare e invecchiare. Ogni giorno di infelicità che trascorreva gli succhiava via un po' di vita, gli ingrigiva un capello o gli portava una ruga. Ormai vecchio e stanco, Louis se ne andò dal paese in cui viveva con la sua Marie e si trasferì a Dejeunè, ripromettendosi di non usare mai più quell'inutile magia, che non era stata in grado di salvare la moglie. L'unico conforto dell'infelice Louis, furono invero i suoi animali, a cui dedicava tutto il suo tempo e donava il poco amore che in lui era rimasto. Nel vederli morti, il vecchio fu colpito da un'ondata di dolore cocente che lo riportò dritto alla perdita della sua Marie, e la furia si fece sempre maggiore. Voleva vendicarsi, voleva punire il colpevole e per questo motivo decise, dopo così tanto tempo, di riutilizzare la magia. Tornato a casa, prese il pugnale e con un incantesimo chiese che gli apparisse il volto del suo possessore. In una nuvola di vapore gli apparvero i volti di Tebì e Malpère.

"Maledetti ragazzini!" – urlò lo stregone su tutte le furie – "Me la pagheranno! Me la pagheranno!" – ripeté urlando e piangendo mentre sui suoi vecchi libri di incantesimi cercava il modo più atroce che trovasse per punirli.

L'ira è il più selvaggio dei peccati e gli sfortunati ladruncoli stavano proprio per scoprirlo. Una volta decise le punizioni per gli assassini, il vecchio stregone doveva farli venire nella sua casa e a questo scopo diede una nuova e momentanea vita a due grossi cani che aveva impagliato tanti anni prima.

"Ben tornati, amici miei" – disse il padrone ai suoi vecchi cani – "Per voi ho un compito molto importante, dovete portare qui questi due sudici codardi. Con un

incantesimo vi ho donato occhi rossi di pozione magica, che appena guarderanno quelli di quei due assassini, faranno perdere loro i sensi. Vi aspetto."
I cani si divisero e si diressero verso le case di Tebì e Malpère.
Tebì, nel frattempo, dormiva sonni agitati. Nei suoi sogni vedeva sangue e dolore in tutto il bosco e questo gli spezzava il cuore, ma come aveva potuto seguire Malpère? Come aveva potuto non pensare che lui l'avrebbe messo nei guai, Malpère non era certo noto per essere un tipo tranquillo. Eppure l'aveva fatto, eppure aveva bevuto e si era ritrovato in quella situazione assurda. A un tratto, qualcosa interruppe il suo sonno agitato: un enorme cane dagli occhi rossi ringhiava davanti a lui. Appena guardò in quelle pupille rosso sangue, Tebì svenne. Il cane allora se lo caricò in groppa e si diresse nuovamente verso la fattoria dello stregone iracondo.
Tebì aprì lentamente gli occhi, sentiva un forte dolore a mani e piedi, si sentiva profondamente stanco e li richiuse. Qualche minuto dopo trovò la forza per aprire gli occhi e ciò che si trovò davanti fu spaventoso. Lui e Malpère, che ancora era in preda a quel sonno di morte, erano seduti su due sedie ed erano stati legati ad esse mani e piedi. Davanti a sé, Tebì vide il vecchio Louis con occhi iniettati di sangue e di ira. Di fianco allo stregone, appesi al soffitto, dondolavano i corpi senza vita dei tre animali assassinati. I loro occhi vitrei lo fissavano, lo sentiva, stavano fissando lui, o almeno questo era ciò che percepiva in quel tremendo e confuso momento.
"Sporchi assassini" – disse lo stregone con un tono di profondo disprezzo – "È arrivato il momento di pagare il prezzo delle vostre squallide azioni". Dopo aver pronunciato queste parole, sputò addosso a Tebì.
In quel momento aprì gli occhi anche Malpère che, nel vedere quella stanza colma di morte e di vendetta, iniziò a piangere.
"S-signor Louis..." – balbettò Tebì in preda alla disperazione – "La prego... ci dispiace molto per i suoi animali. Noi... era solo uno scherzo".
"Zitto! Stai... zitto. E tu!" – disse rivolgendosi a Malpère – "Smettila di piangere sporco assassino. Piangere non ti servirà. I tuoi vestiti... sono ancora sporchi del sangue dei miei animali che hai pugnalato al cuore senza alcuna pietà. E io non avrò pietà per te!!!"
Malpère iniziò a sbraitare, disse che non era stato lui e che il sangue vi era sui vestiti per colpa di Tebì. Era stato lui, disse, a pugnalare gli animali e a spargere il sangue sui vestiti del compagno, per scagionarsi.
"Non è vero, signor Louis! Non sono stato io!" – ribatté Tebì.
"Basta!" – urlò infuriato lo stregone, interrompendo il battibecco dei due ladri – "Sarà questo pugnale a dirmi chi è stato".
"È di Tebì! Quel pugnale, è suo!"! – urlò Malpère.
"È così, schifoso assassino? È tuo il pugnale?"
Tebì esito, impietrito dalla paura poi ammise che sì, era suo quel pugnale.
Lo stregone allora prese il pugnale e lo mise in un'ampolla fumante di pozione.
"Dimmi" – disse lo stregone guardando il pugnale – "Chi ha ucciso i miei animali?"

Dall'ampolla emerse una nuvola di vapore in cui si vide l'immagine dell'assassinio. Il vecchio Louis scoprì che il colpevole del fatto era Malpère e senza dire niente prese il pugnale rivelatore e pugnalò Malpère al cuore. Davanti agli occhi atterriti di Tebì, l'assassino Malpère comincio a sanguinare e in pochi secondi la vita lo abbandonò. Lo stregone iniziò a ridere folle di odio e appese al soffitto insieme agli altri il cadavere del povero Malpère. Anche i suoi occhi senza vita fissavano Tebì, o almeno questo era ciò che lui percepiva. Il ragazzo allora iniziò a piangere, pianse tutte le sue lacrime, pianse di vergogna e di dolore e supplicò disperatamente lo stregone di lasciarlo andare.
"Lasciarti andare?"
"Sì, la prego signor Louis! Non ho ucciso io i suoi animali!"
"No, non li hai uccisi, ma li hai rubati e hai assistito al barbaro omicidio senza fare nulla, meriti una punizione crudele, tanto quanto quella del tuo amico".
"La prego... non mi uccida" – supplicò Tebì piangendo.
"La morte sarebbe la fine della tua pena, piccolo ingenuo Tebì, io voglio che tu viva e che tutti sappiano ciò che hai fatto. Tutti sapranno".
Subito dopo, sotto gli occhi terrorizzati di Tebì, lo stregone pronunciò un incantesimo e Tebì si sentì strano. Provò un dolore atroce e avvertì chiaramente il suo corpo modificarsi, le sue urla trasformarsi e davanti al volto illuminato da folle e soddisfacente ira dello stregone si sentì trasformato. Dove un tempo c'era la sua bocca, poteva vedere un lungo becco allungarsi sotto il suo naso, guardando i suoi piedi vide zampe e toccandosi i capelli scoprì lunghe orecchie.
"Che cosa mi succede?" – urlò disperato.
Lo stregone non rispose ma continuò nella sua folle risata. Tebì cercò di urlare altre suppliche disperate ma stavolta si accorse di non potere. L'unico suono che riusciva a emettere era un verso fastidioso, esasperante. Era il chiocciare di una gallina.
"Cò cò... cò cò...", Tebì ormai non poteva emettere altri suoni che questi. In preda al panico, il povero Tebì cercò di scappare e si accorse di avere un enorme peso da portare su di sé, in quanto aveva la stazza di una grossa mucca. Lo stregone continuava a sghignazzare col suo riso crudele.
"Guardati allo specchio ladro, e vedrai cosa sei diventato" – gli disse poi in tono crudele.
Prese un grosso specchio e lo pose davanti a Tebì, che, con orrore, scoprì in sé il mostro. Aveva becco di gallina, orecchie d'asino e coda di mucca.
"Ora sei un mostro! L'unico suono che potrai emettere è il verso della mia amica da voi assassinata per prima, la mia gallina!"
"Cò cò... cò cò cò cò...", Tebì tentava di parlare ma più si sforzava, più non riusciva a fare altro che chiocciare.
"È inutile che provi a parlare stupido ladruncolo. Questa è la punizione per le tue malefatte. Sarai un mostro con corpo d'asino e di mucca e becco di gallina. Gli occhi, rimarranno i tuoi però, così che tutti sappiano chi sei. Vivrai in questo modo

tanti anni quanti sono gli animali che hai contribuito a uccidere. Tre lunghi anni, in cui vagherai solo e triste per Dejeunè e sarai un ammonimento per tutti".
E così il mostro Tebì vagò per tre anni nel suo corpo animalesco e a nulla valsero i tentativi dei genitori per riportarlo alla sua forma precedente. Solo dopo quei tre infelici anni, il povero Tebì poté considerare la sua pena terminata e si ripromise di non essere mai più così stupido da sfidare la peggiore delle attitudini: l'ira.

Lussuria

La regina bianca

C'erano una volta, in un'epoca molto lontana, due regni nemici.
Rivali dagli inizi dei tempi, abitavano l'antica Regione del Darf e proprio dagli inizi dei tempi, essi erano in guerra.
Questi due regni, mio caro lettore, si erano tanto fronteggiati e tanto combattuti per conquistare terreni, che erano finiti per occupare ciascuno l'esatta metà del Darf. Un grande lago li separava ed era proprio per possederlo che i due regni erano in lotta dagli ultimi due anni. Per quanto però una volta lo conquistasse uno, dopo pochi giorni vi era già l'altro pronto a combattere e la contesa giaceva in un lungo nulla di fatto.
Questi due regni, mio caro lettore, erano quanto più diversi si possa immaginare: uno diurno e l'altro notturno, uno il chiaro e l'altro l'oscuro. Devi sapere che, per un bizzarro movimento lunare esattamente al di sopra di queste due terre, il regno di Luvia era esposto alla luce del Sole per la quasi interezza del giorno. La tenebra calava su di esso per tre ore appena e la luce regnava sovrana sui suoi abitanti. Il regno di Nurne, invece, viveva nella tenebra. La pigra Luna usava riposarsi al lato destro del Sole, rendendo Nurne ciò che i suoi abitanti chiamavano "Terra Eclisse". La Luna dormiva per quasi tutto il giorno e celava sotto la sua stanca grandezza la tenebra più fitta. Per sole tre ore ogni giorno, poi, ella decideva di spostarsi.
Coloro che abitavano queste antiche terre, rispecchiavano nei loro stessi volti quella diversità: gli abitanti di Nurne avevano capelli e occhi neri come la notte che li circondava; coloro che vivevano al sole avevano capelli biondissimi, che talvolta diventavano bianchi incorniciando i loro occhi grigi.
Per quanto questi due popoli fossero opposti, c'era un qualcosa che li univa, quel qualcosa per cui lottavano e si scontravano: la bramosia del lago. Il Lago delle Pietre non era un semplice specchio d'acqua, ma nascondeva in sé qualcosa di straordinario. Antiche leggende narravano che, sul profondissimo suolo di quel lago, giacessero delle pietre dai poteri tanto affascinanti quanto oscuri. Gli anziani dei due popoli le chiamavano "veridiane". Secondo i racconti, in ogni veridiana era contenuto un potentissimo veleno che al solo contatto con un corpo umano, ne provocava la morte istantanea.
Nulla ha il volto più affascinante del potere e i nostri due regni rivali lottavano per averlo, convinti che una volta possedute quelle malvage pietre, avrebbero tenuto in scacco ogni regno nemico e avrebbero avuto la supremazia sul Darf.
La vita in questi due regni si alternava tra giorno e notte ed è nel regno diurno che inizia la nostra storia, precisamente nel palazzo reale di Luvia. In questo bianco, maestoso e splendidamente fiorito palazzo risiedeva la coppia reale: il re Persi e la regina Diandra. Diandra era una giovane e bellissima regina, amata e odiata da tutto il suo popolo per i suoi occhi di ghiaccio e una personalità tanto sfuggente quanto intrigante. Nata da una delle famiglie più nobili di Luvia, il suo destino era da sempre stato quello di diventare sovrana del regno e in giovane età aveva

sposato l'erede al trono. Persi era bello e ingenuo, di un candore che ben si conveniva alle sue fattezze; Diandra invece si era sempre sentita diversa, anomala in quel mondo così candido e fiorito. La regina adorava davvero il suo ruolo di sovrana ma altrettanto non poteva dirsi del suo ruolo di moglie.
Persi era un giovane pieno di valori ma Diandra non lo amava, non era nemmeno sicura di sapere cosa fosse l'amore ma era certa di non provarne affatto per il suo consorte e questa amara consapevolezza le poneva un velo di gelo in quegli occhi già di per sé ghiacciati ed era proprio per quel velo, che il suo popolo la amava. La si poteva vedere spesso andarsene in giro per i giardini del palazzo con un abito grigio, i capelli biondi fluttuanti e uno sguardo così squisitamente misterioso, che chi le stava intorno non poteva fare a meno di chiedersi che assurdi pensieri le stessero mai passando per la mente.
Una mattina Diandra si svegliò più inquieta che mai, come se avesse la sensazione che qualcosa di importante stesse per succedere. Si girò e rigirò nel letto più volte finché non sentì una mano cingerle dolcemente la vita.
"Diandra... va tutto bene?" – le disse dolcemente Persi, che ogni giorno sperava di veder sciogliersi almeno un po' il muro di ghiaccio di cui sembrava essere fatta la sua sposa.
"Sì, Persi" – gli rispose seccata Diandra.
"Perdonami... ho sentito che ti agitavi. Qualcosa ti preoccupa?" – chiese ancora dolcemente Persi.
"No... insomma, credo di no. Mi sento solo un po' nervosa" – ribatté Diandra.
"Sei nervosa per la partita? Non devi preoccuparti, cara, non ci sarà alcun conflitto. La sfida con Nurne sarà esclusivamente un gioco... almeno per oggi" – aggiunse Persi pensieroso.
"Ah... già, la partita".
Ebbene, Diandra si rese conto di aver totalmente dimenticato la partita di scacchi di Gunn che si sarebbe svolta il giorno stesso. Devi sapere mio caro lettore, che i regni di Luvia e Nurne, oltre alla brama per la supremazia del lago, avevano un'altra cosa in comune, un gioco che era diventato gioco nazionale già da diversi secoli nel Darf e le cui partite si svolgevano una volta ogni due mesi, proprio in un campo attorno al Lago delle Pietre. Gli scacchi di Gunn erano diventati talmente importanti per i due popoli da essere considerati eventi importantissimi, a cui il re e la regina di certo non potevano mancare.
"Oggi sapremo chi è il nuovo re di Nurne" – disse Persi mentre Diandra era intenta a vestirsi – "È assurdo che re Valden sia morto, no? Avrà avuto la nostra età!... Ma com'è morto?" – aggiunse non vedendo reazioni dalla consorte.
"Una malattia del sangue... non hanno detto altro" – disse con indifferenza Diandra.
"Beh, forse per questa volta eleggeranno un re con un minimo di senno, che capisca che questa guerra non porterà altro che morte e dolore".
"Non fare l'ingenuo, Persi" – rispose severa Diandra – "Sai bene che questa guerra è inevitabile e ad ogni modo sono settimane che non si combatte".

"Sarebbe evitabile se cercassimo una soluzione pacifica! Quelle maledette pietre non valgono questa assurda guerra" – ribatté Persi – "Ad ogni modo... cerchiamo di goderci la giornata e speriamo non ci siano intoppi".
Diandra non rispose, si rese conto che l'idea di assistere alla partita e sapere chi fosse il nuovo re di Nurne non le causava emozione alcuna. Si chiese se avrebbe mai provato qualcosa di diverso da quel profondo senso di inquietudine che le ruggiva dentro, quella speranza che qualcosa di nuovo e strabiliante le potesse capitare.
I due regnanti di Luvia si diressero alle carrozze e dopo un'ora esatta di tragitto giunsero alle porte della piccola regione del Lago delle Pietre, una località splendida dove la natura era protagonista con prati verdissimi e valli soleggiate. Costeggiarono il lago. Diandra si perse osservandone le misteriose acque. Un pesce saltò fuori e prese al volo un uccellino che passava di là. Sembrava un luogo così innocuo, così normale, eppure chissà quali e quanti segreti nascondeva nelle sue profondità.
"Dobbiamo andare" – disse Persi interrompendo i pensieri di Diandra e porgendole il braccio.
Scesi dalla carrozza, lo spettacolo che videro fu incredibile. Un enorme arena ovale con spalti altissimi divisi esattamente a metà dai colori delle due squadre, e quindi delle due regioni, che i tantissimi sostenitori avevano portato per assistere all'importante partita di scacchi di Gunn: Luvia contro Nurne, bianchi contro neri.
Diandra guardò meravigliata lo spettacolo bianco e nero che le si parava davanti e insieme a Persi si diresse verso il campo da gioco; i regnanti dovevano per tradizione inaugurare la partita.
"I reali di Nurne sembrano in ritardo" – disse Persi.
"L'arena è splendida oggi" – aggiunse Diandra ignorando Persi.
"Si, è splendida... oh, arrivano!" – disse concitato Persi.
Davanti a loro, al centro del campo da gioco, stava giungendo la coppia reale di Nurne, accompagnata da cori di incitamento del loro popolo notturno. Ad accompagnare la bellissima regina nera Miranda però, non vi era re Valden. Il nuovo re di Nurne stava facendo il suo ingresso.
Diandra guardava ancora meravigliata lo spettacolo intorno a sé, in fondo che le importava di sapere chi fosse il nuovo re? Continuò a guardarsi intorno distrattamente, fin quando non rivolse un fugace sguardo alla coppia in arrivo e il suo cuore iniziò inspiegabilmente ad accelerare il battito.
Tutto iniziò a muoversi come a rallentatore, tutto tranne quell'uomo. Il nuovo re era per Diandra l'uomo più bello e affascinante che avesse mai visto. Era alto e nobile, con degli splendidi capelli neri corti e ricci, un accenno di barba e degli occhi intensi. Doveva avere sui trent'anni circa e una piccola cicatrice sul mento gli incorniciava il viso. Quell'uomo dal fascino scuro si avvicinò e Diandra sentì qualcosa in lei cambiare, quel qualcosa che da tempo ruggiva dentro di lei sembrava ora sul punto di esplodere. I quattro regnanti si trovavano ora gli uni dinnanzi agli altri e Diandra ebbe finalmente davanti a sé la regina di Nurne,

insieme al suo re. La regina Miranda era splendida come al suo solito: una donna molto alta per la sua esile corporatura, con degli splendidi capelli neri lunghissimi raccolti in una treccia e occhi scuridal piglio severo. Le due regine si studiarono per qualche istante.
"Miranda..." – disse Diandra guardando la regina nera.
"Diandra..." – la salutò lei freddamente – "Lui è il mio nuovo marito, il nuovo re di Nurne. Vi presento re Tiran" – aggiunse accennando un inchino verso il suo compagno.
Tiran a quel punto ricambiò l'inchino della consorte e ne rivolse uno a Diandra, prendendole la mano in segno di saluto.
"È un onore conoscerla, sua altezza di Luvia" – le disse.
Diandra esitò nella risposta, gli occhi color nocciola di Tiran sembravano penetrarla così a fondo che d'improvviso si sentì nuda. Tentando poi di riprendere il controllo, disse semplicemente "Benvenuto".
Diandra era sconvolta, quell'uomo doveva essere un mago, doveva averle fatto uno strano incantesimo. Sì, doveva essere così, altrimenti come spiegare quella sensazione, quel nodo allo stomaco che non le permetteva di staccare gli occhi da quelli di Tiran.
A interrompere quegli agitati pensieri, arrivò il serio; una figura esterna al gioco il cui ruolo era quello di iniziare la partita, verificarne la regolarità e dirigere i quattro tessaron.
Mio caro lettore, ti starai senz'altro chiedendo chi siano questi personaggi e come funzioni questo strambo gioco, ma non crucciarti: tutto ti sarà ora spiegato. Gli scacchi di Gunn furono inventati in tempi molto antichi da un vecchio re, il cui nome era proprio Gunn e che governò ciò che all'epoca era una piccola contea, la contea di Luvia. Gunn fu un re molto amato, per il suo valore, la gentilezza ma anche per la sua grande passione per gli scacchi, di cui amava organizzare tornei spettacolari. Un giorno, tuttavia, egli iniziò a sentirsi annoiato dal gioco da tavolo e decise di crearne una versione adatta a un gioco fisico, così da organizzare vere e proprio partite e arricchire con un po' di divertimento la sua vecchiaia.
Ebbene, gli scacchi di Gunn non erano poi così diversi da quelli da tavolo: un re e una regina, due alfieri, due cavalli, due torri e otto pedoni per squadra. Ogni giocatore disponeva di una divisa che ben si addiceva al suo ruolo, non ti meravigliare dunque se sentirai parlare di giocatori con copricapi fatti di teste di cavallo o di trampoli di mattoni, questi ultimi accessorio fondamentale per le torri. Gli unici oggetti comuni a tutti, erano due bastoni: il primo doveva essere tenuto da ogni giocatore nella mano destra mentre il secondo veniva applicato sulla schiena del giocatore. Il ruolo dei bastoni, mio caro lettore, è fondamentale per capire il gioco. Ogni qualvolta un giocatore veniva mangiato da un altro, egli doveva deporre il bastone che aveva in mano e l'avversario doveva colpirlo col suo. Un solo colpo era necessario per far cadere a terra il giocatore che veniva dunque mangiato e usciva dal gioco. Ma come ogni regola, si sa, anche questa aveva un'eccezione, un'eccezione che si verificava in un solo e unico caso: uno

scontro tra regine. Se una regina tentava di mangiare l'altra, infatti, le due potevano utilizzare il loro bastone per combattere. Quella particolare arte di combattimento coi bastoni era chiamata "terla" e consentiva alla regina vincente di mangiare l'altra. Ti chiederai a questo punto a che servisse il secondo bastone, ebbene, esso aveva il più nobile degli scopi, ovvero vincere la partita. Nel momento in cui un giocatore dichiarava lo scacco al re, egli era autorizzato a sfilare il bastone dalla schiena della divisa e se lo stesso riusciva a dare al re lo scacco matto, utilizzava i due bastoni per pararli davanti alla regale figura, ormai senza più potere alcuno. Ogni mossa del gioco inoltre, era decisa dall'alfiere rosso, colui che giaceva alla sinistra della regina e che fungeva da capitano della sua squadra.

Ma ora è tempo di tornare alla nostra vicenda e dunque di tornare al centro dell'arena, dove il serio si accingeva a dare il via al gioco.

Egli porse un bastone a ogni regnante e, come da tradizione, i quattro alzarono in aria i loro bastoni, facendo toccare le punte di essi le une con le altre, poiché solo in questo modo la partita poteva ufficialmente iniziare.

I reali abbandonarono il campo e i giocatori si disposero sulla grande scacchiera quadrata che occupava l'intero campo da gioco. Il serio si pose al centro di essa e fece segno ai tessaron di cominciare. I tessaron, mio caro lettore, sono i suonatori di tamburo che siedono ai quattro margini della scacchiera e suonano un colpo a inizio partita, uno alla fine, e due ogni volta che una pedina viene mangiata o che vi è un combattimento. Gentile lettore, mi scuso per la mia negligenza nell'aver dimenticato di parlartene prima, ma ti prego di tornare al gioco, che stava effettivamente iniziando.

L'alfiere rosso di Luvia era colui che, da regolamento, iniziava il gioco e l'intera arena era in sospeso per sapere quale fosse la sua prima mossa.

"Cavallo in c3!" – Urlò Moorier, l'alfiere rosso, e al suo ordine seguì un boato di cori di incitamento per lui, capitano storico di Luvia e idolo delle folle.

La partita proseguì e nonostante la bravura dell'alfiere rosso di Nurne, la partita sembrava volgere a favore di Luvia.

"Moorier è sempre il migliore!" – Gridò soddisfatto Persi a Diandra, mentre la metà bianca dell'arena continuava ad urlare il nome del giocatore.

"Sì... certo" – rispose Diandra completamente assente. Alla principessa, in quel momento, non importava davvero nulla di Moorier, né della partita, né del resto del mondo. L'unica cosa a cui riusciva a pensare erano gli occhi penetranti di Tiran. Per tutta la partita non fece altro che pensare a lui e tornando al palazzo, questa ossessione non fece altro che crescere.

Diandra si sentiva stranita, era come se avesse dormito per una vita intera e si fosse svegliata solo ora, sentiva un fuoco dentro che non le dava pace e nei giorni successivi, pur tentando di distrarsi e di pensare ad altro, la sua mente era spesso concentrata su quell'uomo affascinante che in un modo inimmaginabile l'aveva colpita.

Qualche notte dopo, mentre Persi dormiva nel suo sonno ignaro di cosa accadesse intorno a lui, Diandra si trovò a camminare in una foresta. Era sicura di non

conoscere quel posto. C'era la nebbia, un'aria gelida pervadeva ogni cosa e lei camminava sola. A un certo punto qualcosa interruppe la sua camminata: era Tiran.
"Diandra, non riesco a smettere di pensare a te" – le disse Tiran passandole una mano tra i capelli.
Diandra non rispose, gli mise le braccia intorno alla vita e iniziò a baciarlo. Tiran la strinse molto forte verso di sé e iniziò a passare le sue mani sul corpo della regina bianca, le baciava il collo, le guance, la bocca. Diandra sentiva in sé un'eccitazione mai provata prima. Lo guardava intensamente...
"Diandra! Svegliati!! Ma che stai facendo?" – urlò Persi scuotendo la moglie.
"Cosa?" – rispose confusa Diandra.
"Devi aver avuto un incubo... mi hai graffiato il braccio" – le disse Persi toccandosi il braccio ferito.
"Oh... io... beh, torna a dormire Persi" – rispose seccata Diandra. Subito dopo voltò le spalle al marito e si riappoggiò sul cuscino, in quel letto che era diventato teatro dei suoi più nascosti sogni.
Le notti seguenti, i sogni segreti di Diandra si ripeterono. Una notte lei e Tiran erano nella foresta, l'altra nella sua stanza da letto, l'altra ancora nel lago e notte dopo notte la regina bianca si svegliava in preda al sudore e desiderava solo di poter vivere i suoi sogni col suo amato ma, ahimè, l'unica persona che trovava nel suo letto era Persi.
Questa passione repressa era frustrante per Diandra, che si sentiva come un leone in gabbia e ogni notte che passava odiava sempre di più quella vita così misera, quelle notti da passare nel letto di un uomo che non amava, invece di quello che le faceva battere il cuore.
La settimana seguente, ormai stanca di vedere il suo amato solo nei sogni, decise di fare qualcosa, di vedere l'oggetto di quel suo desiderio così scatenato. Doveva andare a Nurne. Si svegliò di buon mattino quel giorno e disse a Persi che sarebbe andata al campo di prova, luogo in cui le giovani donne di Luvia venivano addestrate alla terla, per diventare le future regine di scacchi di Gunn. Disse che voleva conoscere le nuove allieve del primo anno e passare del tempo con loro.
Persi, ignaro delle vere intenzioni della moglie, non ebbe nulla da obiettare e la guardò sereno avviarsi verso una carrozza. Che stranezza, Diandra aveva con sé un'enorme borsa, ma Persi si limitò a pensare che al suo interno vi fossero dei regali per le allieve. Ciò che egli ignorava, invece, era che in quella grande borsa, Diandra aveva messo una tunica nera con un grosso cappuccio, la tunica che sarebbe stata la sua arma per camuffarsi e passare inosservata con la sua glaciale bellezza, una volta giunta nel regno nemico.
Salita sulla carrozza, la regina bianca indossò il mantello nero, assicurandosi di coprire ogni singola ciocca di quei capelli talmente biondi da essere diventati bianchi. Si sentiva pronta all'avventura, pronta a osservare finalmente da vicino l'oggetto dei suoi sfrenati desideri notturni. Sfortunatamente, però, qualcuno aveva notato la candida regina Diandra indossare vesti nere, qualcuno che a quella vista si

era incuriosito così profondamente da decidere di seguire quella regina dall'aria inaffidabile.
Oswold Gringol era uno dei tre consiglieri del re di Luvia, e lo era da ben prima che quel fessacchiotto di Persi salisse al trono. Pessima scelta, aveva sempre pensato Oswold, fidarsi di quella Diandra, che prima o poi, e di questo era assolutamente certo, avrebbe iniziato a macchinare qualunque piano malefico per salire al potere.
"Se sta combinando qualcosa" – pensò l'astuto consigliere – "Lo devo scoprire". Così, dopo avere per caso visto la regina in quegli atteggiamenti sospetti, decise di prendere un'altra carrozza e di seguirla. Dopo un'ora circa di viaggio, le carrozze giunsero al Lago delle pietre e improvvisamente Oswold capì: quella scellerata regina stava andando a Nurne. Si fece prestare dal cocchiere la sua divisa scura e il suo cappello a cilindro e si preparò a seguire Diandra, chiedendosi cosa mai quella sconsiderata potesse avere in mente per decidere di andare di nascosto a Nurne, "a Nurne!" – pensò – "Deve essersi ammattita, non c'è altra spiegazione… con una guerra in corso!... Nurne!" – ripeteva infuriato Oswold, ormai rassegnato a doversi camuffare per seguire gli stravaganti piani della regina. La prima carrozza si fermò e Oswold raccomandò al cocchiere di fermarsi per non essere visto. Dalla prima carrozza, intanto, scese Diandra con aria circospetta e si diresse a piedi verso l'entrata del regno di Nurne, ignara di essere seguita dal suo consigliere di corte.
Protetta dal mantello scuro, la regina di Luvia iniziò a girovagare per il tanto temuto regno nemico. Nurne era un luogo buio, illuminato solo da torce e da strani puntini luminosi, posti strategicamente un po' dappertutto per non lasciare nella più totale oscurità i suoi abitanti. Diandra attraversò una strada che doveva essere una delle più centrali vista la folla che la popolava. Camminava lungo l'affollata via e attorno a lei si svolgeva la vita quotidiana di Nurne, dove un gruppo di ragazzine se ne stava con le facce incollate al vetro di una botteghina che, come ebbe modo di constatare Diandra, vendeva bastoni da terla.
"Quanto vorrei avere un Caraton 82" – sbuffò una delle ragazzine.
"Mio padre dice che il Caraton è troppo leggero e non è assolutamente indicato per parare i colpi! E mi ha promesso che se verrò presa nella squadra degli allievi, l'anno prossimo mi comprerà un Terla 67!" – disse baldanzosa un'altra ragazza suscitando l'invidia delle altre.
Diandra si lasciò alle spalle le chiacchiere delle ragazze e continuò a camminare, senza avere la minima idea di dove stesse andando. Scorse brandelli di conversazione qua e là, ma uno in particolare la incuriosì. Due uomini dall'espressione burbera leggevano *Il Telegramma Di Notte*, che evidentemente era un noto quotidiano di Nurne, e andavano lamentandosi a gran voce di un articolo.
"Cose da matti!" – disse uno dei due uomini, che colpì Diandra oltre che per il suo aspetto burbero, per avere un grosso topo grigio appollaiato sulla spalla – "Adesso pare che il comitato genitori-insegnanti di Birte stia insistendo per avere più lucciole nella scuola… che assurdità" – continuò l'uomo vedendo che l'amico si

limitava ad annuire – "Come se le avessimo gratis! Forse non lo sanno che bisogna andare a cercarle fin al lago di Snur!"
A Diandra le affermazioni dell'uomo col topo in spalla sembrarono folli e per un attimo pensò di aver capito male, quando tutto a un tratto si accorse che le vetrine dei negozi in effetti non erano affatto illuminate da torce, bensì da piccole e splendenti lucciole legate insieme. Proseguì il suo cammino pensando alle stranezze di quel luogo e dopo qualche minuto si accorse che nuovamente, non aveva idea di dove stesse andando. Era quasi decisa a rischiare il tutto per tutto chiedendo indicazioni, quando qualcosa attirò la sua attenzione: uno strano fagotto accovacciato a terra sul ciglio della strada. Incuriosita si avvicinò e vide un piccolo visino starnutire. Si avvicinò per guardare meglio e vide davanti a sé un bellissimo ragazzino, che poteva avere dodici anni circa e aveva un'espressione triste. Diandra stava quasi per ignorarlo e tirare dritto finché non notò una stranezza in quel triste volto e vide due occhi grigi come il marmo. Diandra ebbe un sussulto, il ragazzo era un "corvo", termine usato a Luvia per chiamare i meticci, coloro il cui sangue era in parte di Luvia e in parte di Nurne. Essere un corvo a Luvia, ma evidentemente anche a Nurne, era un disonore; un marchio distintivo che emarginava e segnava come una cicatrice indelebile. A Luvia in realtà non si vedevano meticci da molto tempo, l'ultimo era un uomo anziano, morto quando Diandra era ancora piccola, e forse per questo motivo lei non ci aveva mai pensato. Non aveva mai pensato che se fosse riuscita ad amare realmente Tiran, sarebbe stata macchiata dalla più disonorevole delle colpe di una regina: tradire il suo popolo e diventare anch'ella una sporca meticcia. Non aveva mai pensato che la sua famiglia avrebbe potuto ripudiarla costringendola a vagabondare. Una lacrima scese dai suoi occhi di cristallo mentre guardava il corvo vagabondo, una di quelle lacrime che non solcavano il suo viso da tanto di quel tempo, che Diandra nemmeno riusciva a ricordarselo.
"Ma sta... sta piangendo" – disse tra sé e sé Oswold, nascosto dietro un angolo – "La regina Diandra non piange, non ha mai pianto! Ma che sta succedendo qui?" – si chiese sempre più sospettoso.
Diandra si lasciò indietro la triste visione del giovane corvo e proseguì nel suo cammino, con una maggiore consapevolezza: doveva tenere il viso ben basso perché nessuno rischiasse di notare i suoi occhi e il mantello ben stretto, perché una ciocca bianca non ne uscisse fuori. Aveva appena terminato di controllare il mantello, quando, alzando lo sguardo, vide davanti a sé una piccola collinetta e, in cima ad essa, il palazzo reale di Nurne. Tiran probabilmente era lì e lei per nulla al mondo se ne sarebbe andata, ora che era così vicino all'oggetto dei suoi desideri più spinti. Arrivare fin lassù però, si presentava alquanto difficile data la presenza di guardie, ma Diandra si accorse che di fianco al palazzo c'era un piccolo maneggio, unico posto in cui apparentemente le guardie non erano presenti, e così tentò quella strada. Era rischioso, ma doveva farlo.
Nel frattempo poco più in là, Oswold la seguiva sempre più incredulo.

"Perché sta andando verso il palazzo reale? Deve essere impazzita! Se la trovassero…" – pensò. Ma nonostante la sua riluttanza continuò a seguire Diandra e incredibilmente lei continuò a non accorgersene. Era senz'altro concentrata su qualcosa, ma cosa? E perché qui? - Continuava a chiedersi Oswold. Dopo diversi minuti di camminata, Diandra giunse davanti al maneggio e si nascose dietro un albero; Oswold fece lo stesso e poco dopo, improvvisamente, capì. Nel maneggio c'era il principe Tiran, che si allenava con un bastone da terla, scena non così insolita effettivamente. La terla era di competenza delle giocatrici femmine ma molti uomini, pur non potendolo praticare sul campo, si dilettavano in questo tipo di combattimento. Il re menò alcuni colpi verso l'aria e poco dopo salì su un cavallo improvvisando una piccola corsa a ostacoli.
Oswold si era nascosto abbastanza vicino a Diandra da poter di sfuggita vedere il suo viso e ciò che vide furono occhi sognanti, occhi di solito gelidi sciogliersi in uno sguardo innamorato che mai prima d'ora aveva visto in quell' algida regina. Era chiaro ormai: la regina Diandra si era invaghita del re di Nurne.
E se n'era invaghita eccome. Diandra si sentiva confusa nel vedere Tiran, era ancora più affascinante di come lo ricordava. Pensò che sarebbe rimasta lì a osservarlo per ore. Improvvisamente però, qualcosa turbò la sua vista. La regina Miranda arrivò improvvisamente al maneggio e salì anche lei sul cavallo di Tiran, abbracciandolo affettuosamente da dietro e poggiando la testa sulla sua spalla. Quella scena di quotidiano affetto provocò un moto di furiosa ira in Diandra, un'ira così cieca che in quel momento la avrebbe fatta persino uccidere.
La regina di Luvia, col cuore sanguinante, scappò via e Oswold le corse dietro.
Attraversarono nuovamente Nurne. Pur seguendola di nascosto, Oswold poteva chiaramente percepire l'ira di Diandra che sembrava talmente funesta da rendere l'aria di Nurne ancora più gelida. Arrivarono infine all'ingresso del regno notturno, Diandra si stava avviando frettolosamente verso la sua carrozza e Oswold decise di intervenire.
Diandra si sentì tirare per i capelli e per una spalla, si voltò spaventata e vide il viso furibondo di Oswold, il consigliere di corte, nonché braccio destro di re Persi.
"Ora tu mi spiegherai che diavolo avevi in mente!" – intimò furioso Oswold.
"Io... niente, volevo vedere Nurne" – mentì Diandra.
"Non mentirmi Diandra. Ti ho seguito per tutto il tempo e so perché eri qui. Cosa c'è tra te e il re di Nurne?" – urlò Oswold trattenendo per un braccio Diandra che nel frattempo tentava di divincolarsi.
"Niente!" – disse Diandra – "Non c'è niente".
"Ho visto come guardavi quel giovane corvo, Diandra. Tu sei innamorata di re Tiran, ammettilo!"
"E va bene!" – disse Diandra esasperata – "Sono innamorata di lui e volevo vederlo, ma poi è arrivata... Miranda" – disse Diandra digrignando i denti in una rabbia furiosa.
Oswold lasciò andare leggermente il braccio di Diandra e aggiunse – "Cos'hai in mente? Un colpo di stato? Cosa vuoi fare?".

"No io... non lo so! Volevo solo vedere Tiran, non ho pensato proprio a niente".
Dal momento che Diandra sembrava sincera, Oswold la lasciò finalmente andare e iniziò a riflettere. Camminò avanti e indietro vicino alle carrozze per qualche minuto mentre Diandra lo osservava incredula. Stanca ed esasperata dalla situazione, la regina di Luvia alla fine interruppe i pensieri di Oswold:
"Pensi di dirlo a Persi? Vuoi farmi cacciare?" – chiese disperata – "Non posso perdere il mio regno Oswold, te ne prego, non farlo" – continuò.
"Non dirò niente" – disse infine lui.
"Oh... davvero? Grazie... grazie Oswold" – disse commossa Diandra.
"Non ringraziarmi. Non ancora almeno"– disse Oswold con una nuova luce negli occhi.
"Di che stai parlando?" – chiede Diandra ancora incerta se fidarsi o meno del consigliere, che da sempre le era parso una figura piuttosto ambigua, tanto che si era sempre chiesta perché Persi lo ascoltasse tanto.
"Sappiamo entrambi che non ti importa nulla di Persi e che stai con lui solo per il potere. Ebbene!"- disse Oswold alzando la voce per impedire a Diandra di replicare – "Abbiamo qualcosa in comune".
A quel punto Diandra tacque e Oswold continuò – "Non mi importa nulla di Persi, lo ascolto e lo guido da anni ma solo per convenienza. Io dovevo diventare re" – disse con un tono improvvisamente carico di rabbia – "Sarei dovuto essere io il sovrano di Luvia me lo meritavo! E invece quello sciocco di re Maranto scelse lui... Persi" – disse Oswold scimmiottando il nome del re – "Il giovane e prode Persi" – disse ora ridendo. Si voltò poi verso Diandra e continuò – "Poi sei arrivata tu e io sapevo che qualcosa in te non andava, che eri strana e ora ho finalmente avuto conferma dei miei sospetti! Andare dietro al re di Nurne, che sciocchina. Ma questa tua cotta può farci comodo. Con qualche mossa ben studiata, tu potresti scalzare quella sempliciotta di Miranda e trasferirti a Nurne mentre io, beh... a quel punto potrei fare in modo che il nostro Persi abbia un piccolo incidente e il regno di Luvia necessiterebbe di un nuovo sovrano."
Oswold e Diandra si guardarono, si studiarono per qualche istante, come se nonostante tutto non fossero del tutto convinti di fidarsi l'uno dell'altro. Fu Diandra a rompere il silenzio:
"Cos'hai in mente?" – chiese.
"Ancora non lo so, dobbiamo architettare un piano. Ora però torniamo a Luvia" – disse in tono circospetto guardandosi attorno – qui non è sicuro parlare.
I due salirono sulla loro carrozza e tornarono verso Luvia, la patria che stavano per tradire.
Diandra era nella sua stanza da letto, dormiva profondamente, quando d'improvviso sentì la porta aprirsi con un lieve cigolio. Era Tiran, il suo amato Tiran che si avvicinava a lei, tenendo in mano una rosa bianca.
"Tiran, sei tu" – disse Diandra sorridendo.
Tiran annuì. Le passò delicatamente la rosa sul corpo, Diandra poteva sentire i morbidi petali accarezzarle il collo quando d'un tratto il loro momento d'amore

venne interrotto. La porta si aprì nuovamente e questa volta a entrare nella stanza da letto di Diandra fu Miranda. La regina di Nurne prese il suo sposo per un braccio e lo condusse fuori dalla stanza. Diandra non poteva permettere che quella donna le portasse via il suo amore! Non lo poteva permettere. Sentì una furia cieca divampare dentro di lei e afferrò un coltello che si trovava sul suo comodino. Rincorse Miranda e con un gesto di incredibile ferocia le tagliò la gola.
Disegnava sul muro, disegnava con mani sporche di un rosso sangue vivo. Di fianco a lei, il corpo senza vita di Miranda.
"Diandra!" – urlò Persi scuotendo la moglie – "Hai avuto un altro incubo!"
Diandra guardò il soffitto. Aveva appena sognato di uccidere una persona, e sorprendentemente la cosa non le era dispiaciuta affatto.
Passarono i giorni e in Diandra si fece sempre più strada la consapevolezza di dover eliminare Miranda per arrivare a Tiran. Ma come? Come uccidere una potente regina senza farsi scoprire? Diandra si ripeteva questa domanda ogni giorno e più si arrovellava, più l'impresa le sembrava impossibile. Un giorno, esasperata dalle affettuose premure di Persi che più che mai le davano la nausea, decise di fare una lunga camminata e allontanarsi un po' dal palazzo reale. Attraversò Luvia a piedi e girovagando senza meta tra i suoi prati fioriti, si ritrovò di fianco all'accademia Montrò, collegio femminile di Luvia, dove lei stessa era stata educata, come ogni altra giovane donna di buona famiglia del regno. Diandra si girò a guardare il collegio, le giovani allieve dell'accademia Montrò si stavano allenando nella terla, come Diandra stessa aveva fatto per tanti anni, sperando di avere l'onore di diventare regina di scacchi di Gunn. Come tutte le ragazze, era stata educata alla terla sin da piccola e lo ricordava con piacere: disciplina, destrezza e direzione. Diandra pensò a quando suo padre, nel giardino di casa, la sfidava dandole il suo bastone e dicendole sempre quelle tre parole. E lei, la piccola Diandra, muoveva con forza il suo bastone parando i colpi e cercando di far cadere a terra il padre. Pensando a quei ricordi, le venne spontaneo un sorriso e improvvisamente le venne in mente un'idea, un'idea folle, troppo folle per pensarla ma... chissà. E così corse, corse veloce e tornò dritta al palazzo reale in cerca di Oswold. Una volta giunta ai giardini, lo trovò subito e lo trascinò in una stanza vuota.
"Ho un piano"! – disse Diandra euforica – "Giocheremo a scacchi di Gunn!"
"Ma di che parli?" – chiese incredulo Oswold.
"Sì, è geniale. Indiremo un consiglio di guerra, tu dirai a Persi che la guerra con Nurne deve giungere a una fine ma che non possiamo più coinvolgere i nostri soldati. Gli dirai che per risolvere questa contesa, per capire a chi spetterà il Lago delle pietre, dovremo fare una partita a scacchi di Gunn, chi vince sul campo vince la guerra! E saremo noi a giocare!" – continuò Diandra entusiasta.
Oswold esitò e la regina riprese a incalzarlo – "Ma non capisci Oswold? Tu sarai l'alfiere rosso e io la regina, le mosse del gioco le decidi tu non dimenticarlo, Persi conosce la tua abilità ti lascerà condurre il gioco senza interferenze!"

"E io potrei fare in modo che tu debba scontrarti con Miranda" – disse Oswold interrompendo Diandra.
"Sì... sì, esatto. Ora devo solo trovare il modo di uccidere Miranda durante lo scontro, non so ancora come. Nessuno deve capire che l'ho uccisa intenzionalmente, dovrà sembrare un incidente" – disse Diandra camminando avanti e indietro per la stanza con una mano nei capelli.
"Così, quando scoppierà il trambusto per la morte di Miranda tutti correranno verso di lei e io potrò agire indisturbato e fare fuori Persi" – disse Oswold con aria sognante.
"Sì, ma non dimenticare che avremo gli spalti pieni di pubblico, ti vedrebbero se facessi un gesto plateale. Devi trovare qualcosa di discreto, qualcosa che non ti faccia notare" – ribatté Diandra.
"Sì, lo so, devo rifletterci su ma..." – disse Oswold con una piccola esitazione ma con viso trionfante – "Abbiamo un piano".
"Abbiamo un piano" – ripetè Diandra – ma come posso uccidere Miranda, come?
"Ci sono!" – urlò Oswold dopo qualche minuto– "Ho trovato, ho capito come puoi fare. Userai il veleno di veridiana! Ti basterà metterne una goccia sul bastone e non appena toccherà la sua pelle, Miranda morirà".
"Oswold ma... le veridiane sono in fondo al lago".
"Non tutte" – disse Oswold ghignando – "Devi sapere che ottant'anni fa, Luvia era governata da un certo re Olco. Probabilmente non ne hai mai sentito parlare, infatti il suo regno fu breve ed egli non compì mai grandi imprese. Tuttavia, pochissimi sanno che egli fece effettivamente qualcosa di straordinario. Si racconta che, con l'aiuto di una strega, di cui era amante, riuscì a rubare due veridiane dal lago e le tenne per sé, per usarle contro Nurne e ottenere il potere contro ogni suo nemico. Sfortunatamente, Olco, fece il grave errore di tradire la sua donna con una serva e quando lei lo scoprì, per vendicarsi, gli scagliò addosso una veridiana e la sua goccia velenosa uccise Olco all'istante. Ebbene, l'altra veridiana è ancora qui".
"Cosa? Ma... io non ne ho mai saputo nulla" – disse Diandra.
"Certo che no. È un segreto che solo due persone dovrebbero conoscere, il re e il custode della pietra" – rispose Oswold.
"E allora tu...?"
"È chiaro che re Persi si fida moltissimo di me e così tempo fa mi ha rivelato tutta la storia. Ora mi basta solo prendere la pietra e il gioco è fatto" – disse soddisfatto Oswold – "Non dovrebbe essere difficile. Mi basterà liberarmi della guardia, d'altra parte nessun'altro tranne il re sa dell'esistenza della veridiana. Ma dovrà essere fatto all'ultimo momento, non possiamo rischiare che Persi se ne accorga" – concluse Oswold.
"E per quanto riguarda lui? Persi? Che pensi di farne?"
"Ci rifletterò..." – assicurò Oswold.
"Bene, mio fidato amico, credo sia ora che tu indica un imminente consiglio di guerra!" – disse Diandra con un sorriso glaciale dipinto sul volto.

Oswold non impiegò molto a organizzare la riunione e davanti al gran consiglio reale, propose l'idea traditrice, quella meschina trovata che avrebbe consentito ai due traditori della corona la vittoria che desideravano. Oswold fu così scaltro da convincere ogni membro del gran consiglio che quella partita a scacchi di Gunn era indispensabile per una guerra senza altre morti, tema che al povero ingenuo Persi stava da sempre a cuore. Proprio quell'ingenuo cuore di Persi, lo portò a guardare negli occhi Oswold e a dire: "facciamolo".
Solo qualche ora dopo, l'ignaro re diede il comunicato ufficiale e tutta Luvia, dopo che anche Nurne ebbe approvato l'idea, iniziò a prepararsi alla grande partita. Nei giorni che seguirono, tutto il regno era in gran fermento: i fabbricatori di bastoni iniziarono a presidiare il palazzo reale, sperando di riuscire a vendere le loro merci per la partita del secolo, la partita che avrebbe per sempre cambiato la storia del Darf. Persino i sarti e i costumisti erano in allerta: c'era chi voleva proporre una nuova testa di cavallo più leggera, chi pensava che le uniformi degli alfieri dovessero essere più resistenti. All'interno del palazzo reale nel frattempo, si tenevano consigli, riunioni, dispute su chi dovessero essere i sedici giocatori.
"Io e Diandra ovviamente saremo il re e la regina, ma gli altri?" – pensò ad alta voce Persi percorrendo avanti e indietro la sala grande, luogo in cui quasi tutti i gran consigli di Luvia si tenevano.
"Maestà" – disse Oswold con voce melliflua – "Se me lo consenti, avrei già ideato la squadra" – continuò lanciando un'occhiata furtiva a Diandra, che ricambiò.
"Ritengo che i nostri pedoni dovrebbero essere le giovani allieve dell'accademia Montrò, sanno combattere e daranno del filo da torcere ai neri senza dubbio".
"Ma... Oswold, non saranno troppo inesperte? Giovani?" – replicò incerto Persi.
"Ritengo di no" – lo gelò in fretta Oswold – "Per quanto riguarda i cavalli, ho già parlato con Marcus e Lenvi, dopo tutto ci è concesso avere in campo qualche giocatore della squadra ufficiale di Luvia se non sbaglio...".
"Sì, possiamo averne tre" – rispose Persi – "Così è stato concordato con Nurne".
"In questo caso"- disse Oswold indicando a Persi i vari punti su una scacchiera da gioco – "Mettiamo come torri Tristen e... Filius".
"Filius il cacciatore?" – chiese Persi.
"Sì, Filius il cacciatore."
"Ma Oswold, Filius non mi sembra adatto. Non credo abbia mai giocato a scacchi di Gunn e inoltre... vive nella foresta, non lo si vede mai, è... è strano" – rispose Persi.
"Maestà, non devi preoccuparti di questo. Filius ha molto difetti ma ha due grande qualità: esegue fedelmente gli ordini e non si fa problemi a giocare duro. Lascia che io..." – disse guardando intensamente Persi negli occhi – "Lascia che me ne occupi io".
Persi era ancora incerto, ma la sua fiducia in Oswold era incrollabile, così accettò ogni suo consiglio.
"Sarai tu l'alfiere rosso, non è vero?" – disse rivolto a Oswold.

"Ma certo. L'altro alfiere sarai tu, Snorri" - disse guardando un uomo molto alto seduto di fianco a Diandra. Snorri annuì e la squadra fu fatta. Tutti i giocatori corsero ad allenarsi, tranne Diandra che con una scusa si trattenne con Oswold in sala grande. Quando tutti se ne furono andati iniziò ad incalzare Oswold.
"Filius? Perché hai messo in squadra quello zotico?" – disse Diandra lanciano a Oswold un'occhiata gelida.
"Il perché, mia cara, l'ho già spiegato al nostro Persi. Filius e io siamo amici di vecchia data, abbiamo frequentato insieme l'accademia, solo che lui non era... come dire... adatto a certi ruoli e quindi si è rifugiato nei boschi a fare quello che gli viene meglio".
Quando Oswold vide che Diandra lo guardava ancora smarrita, continuò – "Ciò che gli viene meglio è uccidere! Cosa pensi che faccia un cacciatore tutto il giorno? E inoltre... è vero che esegue fedelmente gli ordini, basta dargli un piccolo incentivo".
"L'hai corrotto? Per fare cosa esattamente?" – chiese incuriosita Diandra.
"Per uccidere Persi" – disse tranquillamente Oswold – "Oh, ma proprio non capisci?" – riprese seccato vedendo lo sguardo confuso di Diandra – "Non posso essere io a farlo! Quando tu ucciderai Miranda, io dovrò essere in prima linea vicino a voi e mentre tutti saranno occupati a capire cosa sia successo alla regina, Filius indisturbato ucciderà Persi, il come lo vedrai" – disse subito anticipando la domanda di Diandra.
Il piano ormai era ideato, ed era perfetto. Diandra si sentiva invincibile. Da quando quel giorno al campo da gioco, Tiran l'aveva guardata in quel modo, era come se qualcosa si fosse svegliato in lei. Era come se un leone che fosse stato chiuso in una minuscola gabbia per tutta la vita, fosse ora libero di vagare e di svelare la sua vera natura: la natura di combattente. Le giornate di Diandra trascorrevano impegnate in allenamenti durissimi di Terla. Doveva battere Miranda.
Certo, Oswold le avrebbe fornito il veleno e con quello uccidere la regina sarebbe stato facile, ma a Diandra non bastava, lei voleva battere Miranda più di ogni altra cosa, voleva dimostrare di essere lei la più forte, soprattutto davanti a Tiran.
Tiran venne verso di lei. Si trovavano in una stanza da letto, ma stavolta non era quella di Diandra. Probabilmente era quella di Tiran. I due amanti erano sdraiati sul grande e soffice letto e la passione li coinvolgeva sempre di più. Tiran teneva Diandra per i capelli, sembrava quasi che volesse strappargli eli ma a lei piaceva, l'eccitazione la prendeva sempre di più fino a farle pensare di essere in paradiso, o forse all'inferno.
Si svegliò tutta sudata nel letto, capendo immediatamente che, con suo estremo disappunto, il letto dove si era risvegliata non era affatto quello di Tiran, ma era quello del palazzo reale di Luvia, e l'uomo che dormiva affianco a lei era sempre Persi. Si guardò intorno ancora scossa dall'ennesimo sogno eccitante, sentiva che la lussuria, che il piacere, la stavano portando alla follia. Si girò dall'altra parte sperando di riuscire a dimenticare quel sogno ma nonostante i suoi sforzi non ci riuscì. Si sentiva accaldata, l'eccitazione ormai era furiosa e sempre più la

conduceva all'odio. Provò l'istinto micidiale di uccidere Persi, di liberarsi lei stessa di uno degli ostacoli al suo amore, ma in fondo di Persi non le importava. Era Miranda il suo obiettivo, era Miranda verso cui provava quell'odio sanguigno di morte. Un odio che non vedeva l'ora di mettere in pratica.
Arrivò finalmente il giorno della partita. Diandra, aiutata da una cameriera, indossò la sua armatura e per ultimo un elmetto, dotazione tipica della regina a scacchi di Gunn. Si guardò allo specchio e ciò che vide la rese fiera, vide una guerriera in armatura d'argento con un elmo che le copriva parte del viso, ma lasciava scoperti i suoi occhi di ghiaccio, la bocca piena di passione per Tiran e i suoi lunghissimi capelli quasi bianchi. Era finalmente giunto il momento che aspettava da settimane, finalmente avrebbe potuto liberarsi di Miranda e insieme ad Oswold avrebbe tradito la corona di Luvia, ma non le importava, ciò che voleva era solo la passione di Tiran. Già... ma... Oswold? Sarà riuscito a prendere il veleno? – pensò tra sé e sé Miranda mordendosi il labbro per il nervoso. Non fece in tempo a pensare altro; Oswold entrò di soppiatto nella sua stanza, chiuse la porta e aprì la mano destra, in cui teneva una piccola fiala pieno di un liquido di un colore violetto.
"L'hai preso... hai preso il veleno di veridiana"– disse quasi sospirando Diandra.
"Avevi dubbi?" – chiese Oswold con un ghigno – "È stato facile, ho dovuto solo corrompere la guardia, non c'è stato nemmeno bisogno di ucciderla. E ora... abbiamo questo".
"Cosa devo fare?"
"Mettine un po' sulla punta del bastone e quando arriverà il momento di combattere con Miranda mira al viso e al collo, se colpirai solo l'armatura il veleno non avrà alcun effetto! Deve toccare la pelle viva".
"E se devo mangiare qualcuno? Se andando avanti devo eliminare dei pedoni o qualcun altro e il veleno uccide il giocatore sbagliato?" – chiese preoccupata Diandra.
"Ti eviterò lo scontro il più possibile ovviamente e se dovesse capitare ti basterà non mirare al viso sciocca!" – rispose seccato Oswold.
"Hai ragione. Andrà tutto bene... e Filius? Lui..."
"Filius sa quello che deve fare" – la interruppe Oswold – "Tu pensa al tuo e... a questo proposito" – disse passandosi una mano su una tasca – "Tieni questo".
"Un pugnale?" – disse Diandra prendendo in mano un coltello di modeste dimensioni ma molto affilato.
"In caso le cose si mettessero male e il veleno non bastasse" – rispose Oswold.
I due alleati si guardarono intensamente e infine si strinsero la mano. Erano pronti per rovesciare il regno e liberarsi di Miranda e Persi, e fu proprio quest'ultimo a raggiungerli poco dopo in stanza, avvisandoli che le carrozze erano pronte. Oswold andò a cambiarsi e la squadra di Luvia si diresse nervosamente al campo da gioco. Tutti sentivano la tensione del momento. Per quel che ne sapevano, c'era in gioco il possesso delle veridiane, di un territorio cruciale per la vittoria della guerra.

I giocatori entrarono in campo, il colpo d'occhio era incredibile. L'intera arena era divisa in due enormi settori che la coloravano di bianco e nero, la folla era in delirio. Stavolta non c'era in gioco solo una partita, ma le sorti del Darf, le sorti di un intero regno che sarebbero cambiate per sempre di lì a poco, e per quanto gli spettatori e tantomeno i giocatori potessero ignorarlo, le sorti del regno sarebbero cambiate davvero profondamente e sangue reale stava per essere versato.
La squadra di Nurne era nuovamente in ritardo e i giocatori di Luvia iniziarono a disporsi nei loro rispettivi posti sulla gigantesca scacchiera, che era stata lucidata a dovere per l'occasione. Diandra si guardò intorno. Alla sua sinistra c'era Oswold: nonostante il suo elmo splendente argenteo e rosso, si poteva notare in lui uno sguardo più concentrato e più tagliente che mai, del resto era lui l'alfiere rosso, era lui ad avere in mano la partita. Oswold ad ogni modo non era l'unico ad essere concentrato, tutta la squadra sembrava cosciente della grande responsabilità che quella partita recava in sé: dai cavalli Marcus e Lenvi, che erano giocatori professionisti e sentivano ancora di più la pressione di quel grande evento; alle giovani studentesse pedoni, che in realtà avevano lo sguardo più terrorizzato che altro. Diandra sapeva perfettamente perché Oswold le aveva volute lì, il suo piano era di sacrificare quanti più pedoni possibile per far sì che lei, Diandra la regina bianca, arrivasse indisturbata a poter minacciare la regina nera.
Diandra passò a osservare Filius, che sembrava l'unico non concentrato. Era un uomo non giovanissimo ma con un'aria forte e un po' selvaggia. Si chiese cosa avesse architettato Oswold, quale sarebbe stato il ruolo del cacciatore nell'uccisione di Persi. Mentre lo guardava intensamente, si accorse che Persi alla sua destra la osservava e si girò di scatto.
"Non sei convinta di Filius nemmeno tu?" – disse Persi nervosamente.
"Oh no, sono convinta che farà un ottimo lavoro, Oswold è uno stratega straordinario. Dobbiamo fidarci ciecamente".
"Sì, lo so, è solo… Filius non mi convince... guarda! – continuò Persi alzando lo sguardo – "È arrivata Nurne".
Diandra ebbe un fremito, per un attimo il suo cuore iniziò a battere a mille. I giocatori di Nurne si disposero e Diandra guardò immediatamente Tiran, ma purtroppo non riuscì a vederlo. La squadra di Nurne aveva indosso qualcosa di molto insolito: le loro divise erano diverse, sembravano consunte e vecchie. Diandra si guardò intorno confusa e vide anche negli altri un'espressione attonita.
"Quelle divise si usavano forse cent'anni fa!" – osservò Persi.
"Forse avevano speso troppi soldi per le loro lucciole e non ne avevano abbastanza per le divise" – disse Oswold ridacchiando malignamente, e tutta la squadra si unì nella sua risata di scherno.
Le uniformi di Nurne erano vistosamente vecchie ma soprattutto coprivano quasi interamente i volti di ogni giocatore, pedoni e torri esclusi. Né gli uni né gli altri infatti storicamente avevano mai indossato elmi. Per ciò che riguarda gli altri, per i cavalli era normale avere il volto coperto, data la testa di cavallo che indossavano e che lasciava loro liberi solo gli occhi. Ma per gli altri, ovvero gli alfieri, il re e la

regina, l'abbigliamento era a dir poco insolito. La regina nera indossava un'armatura tale e quale a quella di Diandra, giusto un po' più consunta, ma il suo elmo le copriva interamente il viso, nascondendole anche capelli e bocca. Le uniche parti scoperte erano gli occhi e una parte del collo. Diandra si rese conto improvvisamente che il suo compito era appena diventato più difficile: ora aveva solo una parte da poter colpire per uccidere Miranda, doveva mirare al collo e se non ci fosse riuscita sarebbero stati guai. Ma perché quella divisa? Avevano forse intuito che a Luvia si tramava in segreto contro la vita della regina nera? Diandra lanciò un'occhiata nervosa a Oswold che la ricambiò con uno sguardo fermo, come a farle intendere di non preoccuparsi.
La regina nera non era l'unica ad avere un elmo del genere, un copricapo identico infatti lo avevano anche gli alfieri e per quanto riguarda il re, forse egli aveva il travestimento più singolare. Con sua grande sorpresa, Diandra notò che mentre Persi indossava solo mantello e corona, il re nero, il suo amato e ambito re nero, indossava un copricapo particolare, che copriva quasi interamente anche il suo viso. Eppure i re non combattono, non vengono mangiati, a che gli serviva coprirsi il viso? E perché Nurne aveva scelto quelle divise? Non c'era tempo per le domande, il serio era al centro della scacchiera e si preparava a dare il via ai tessaron, con i loro tamburi.
La partita iniziò. Come da tradizione la prima mossa fu dei bianchi e Oswold ordinò al pedone davanti a lui, una giovane studentessa di nome Greni, di avanzare di due case e la partita ebbe ufficialmente inizio. Greni si fece avanti e dopo un paio di mosse riuscì a mangiare un pedone avversario, ma la regina nera entrò in campo e mangiò lei. A quel punto Oswold mandò avanti Marcus, il cavallo in campo chiaro e Miranda, sentendosi minacciata, arretrò.
"Ha già iniziato ad arretrare" – pensò tra sé e sé Diandra – "Che vigliacca, ma fra poco dovrà vedersela con me" – pensò impaziente di entrare in azione. La sua azione, in realtà non arrivò per un'altra buona parte del gioco. La partita fu giocata per diverso tempo solo dai pedoni, che ingaggiarono dure battaglie. La tattica di Oswold era chiara a tutti: aprire la strada a Diandra per farla arrivare indisturbata nel territorio avversario. L'alfiere rosso di Nurne, però, non era certo uno sprovveduto e spostò i pedoni rimasti in modo da creare una barriera diagonale a difesa del re; il suo errore fu quello di lasciare scoperto un fianco, cosa di cui Diandra, sotto ordine di Oswold, approfittò, avanzando e arrivando incredibilmente vicina a Tiran. Il cuore le batteva all'impazzata, erano così vicini, avrebbe voluto scoprirgli il viso e baciarlo, ma sapeva di dover resistere, la parte più sanguinosa del piano doveva ancora arrivare. L'alfiere rosso di Nurne aveva inconsciamente esposto il re alle minacce di Diandra, ignaro del fatto che la regina bianca non fosse affatto interessata al re. Diandra si voltò d'istinto verso Oswold, di lì a poco sarebbe arrivato il momento fatidico. Oswold però, dal canto suo, era impegnato a osservare qualcos'altro. Diandra seguì il suo sguardo e si accorse che Persi era stato messo in arrocco, una nota tattica difensiva per cui il re si sposta di due case verso la torre ed essa lo affianca dalla parte opposta. Ciò che però colpì

Diandra, fu che la torre protagonista della mossa, era Filius. Allora è a questo che serviva Filius – pensò Diandra – Oswold voleva che fosse affianco a Persi per poter agire indisturbato! Ora era tutto più chiaro. Diandra riprese a osservare il gioco, in questo momento minacciava il re e l'alfiere rosso di Nurne, com'era prevedibile, lo fece arretrare aprendo la strada inconsciamente al malefico piano di Diandra, che ora aveva proprio davanti a sé l'oggetto dei suoi più violenti e sanguinari desideri: Miranda. Il sangue pulsava nelle vene della regina bianca e lei ormai non vedeva più nulla attorno a sé, pensava solo a uccidere. Abbassò leggermente lo sguardo fissandolo sul suo bastone e sul segreto veleno che ormai serbava nei suoi filamenti. Guardò fisso negli occhi di Miranda, e notò uno sguardo attento in tutta risposta.
Il serio ordinò ai tessaron di suonare. Strano... le pareva di ricordare che Miranda avesse occhi più grandi. Primo colpo di tamburo. Le due regine si inchinarono lentamente senza smettere di guardarsi, eppure quello sguardo aveva un qualcosa di diverso. Secondo colpo di tamburo. Non c'era più tempo per pensare: il combattimento era iniziato. Miranda era una terlatrice molto più forte di quanto Diandra credesse: era veloce, forte e più volte riuscì a colpire Diandra sul fianco senza però farla cadere. Il combattimento fu a dir poco feroce, Diandra tentò in tutti i modi di colpire il collo di Miranda ma lei sembrava riuscire a parare ogni colpo. La regina bianca combatteva con tutte le sue forze in un combattimento così violento che probabilmente si era visto raramente nella storia del Darf. Diandra combatteva, lottava e mentre parava un colpo fortissimo alla gamba destra, le venne in mente di aver visto Tiran provare un colpo molto simile al maneggio, quando era andata a spiarlo a Nurne. Probabilmente l'aveva insegnato alla sua sposa... Miranda... che poco dopo era salita sul suo cavallo abbracciandolo... quest'immagine si fissò negli occhi e nella mente di Diandra. La regina bianca fu presa da un furente impeto di rabbia e sferrò con tutta la forza che aveva in corpo, un colpo micidiale alla spalla della regina, che barcollò vistosamente. Aveva sì e no qualche istante prima che Miranda si riprendesse e ne approfittò per colpire il collo della regina con quel bastone avvelenato che non appena toccò il suo corpo, lo fece tremare e Miranda cadde a terra. Tutta la squadra esultò, credendo che Miranda avesse solo perso l'equilibrio. Diandra lanciò un urlo liberatorio, sapendo che di lì a poco la sua rivale sarebbe finalmente morta. Dopo pochi secondi, Miranda iniziò a contorcersi e a rantolare e tutta l'arena iniziò a preoccuparsi, non era certo normale reagire così dopo un semplice colpo, seppur violento. Miranda sembrava sul punto di soffocare e il serio, così come chiunque altro si accorse che qualcosa di molto grave stava accadendo. Diandra si sforzò di assumere un'espressione perplessa e preoccupata e si stava preparando a dire che non aveva idea di cosa fosse successo, quando sentì un urlo disperato dietro di lei. Ma che strano... quella sembra la voce di Miranda, ma Miranda era lì. Nemmeno il tempo di pensare e Diandra si sentì spingere da dietro. Il re urlava dalla disperazione e si tolse il copricapo che scoprì un viso irrigato di lacrime e paura. Ma quello non era il viso preoccupato di Tiran, era il viso di Miranda! Ma allora...

Diandra guardò inorridita la figura rantolante davanti e lei e gli tolse l'elmo, ciò che vide le tolse il respiro: Tiran era la regina nera, Tiran stava morendo.
Diandra si guardò intorno incredula e tentò di balbettare qualcosa a Miranda che nel frattempo urlava.
"Qualcuno faccia qualcosa! Sembra che stia morendo!! Io... oh no... io... lui pensava che non fossi abbastanza brava come terlatrice, non voleva che rischiassimo di perdere, io..."
Diandra si lasciò cadere a terra. Aveva appena ucciso Tiran, aveva ucciso il suo amore. Uno sbaglio, uno stupido errore, ma come aveva potuto fingersi lei? Ecco il perché di quelle assurde divise. Improvvisamente la confusione intorno a loro aumentò, ma alcuni giocatori si stavano spostando, un enorme e assurdo trambusto stava prendendo il sopravvento mentre Tiran agonizzava. Diandra si voltò ormai in preda al panico e vide Filius in ginocchio agonizzante e Persi avvicinarsi in fretta a lui. Non appena l'ingenuo re però si fu avvicinato al suo giocatore, un movimento furtivo avvenne sotto il mantello e lo stesso Persi, dopo un'occhiata terrorizzata e smarrita a Filius, aveva iniziato ad agonizzare. Era chiaro, Filius aveva finto un malore per attirare l'attenzione del re e non appena gli si era trovato abbastanza vicino, gli doveva aver rovesciato sulla pelle del veleno, per cui il povero Persi iniziava a soffrire. Diandra guardò distrattamente la scena e i suoi occhi si posarono su Oswold, che era corso di fianco al re fingendo sorpresa. Diandra, però, sapeva, che anche nel suo sguardo gelido e calcolatore vi era un qualcosa di ignoto, un senso di smarrimento che Oswold non era solito provare ma che le conseguenze dello scambio di persona di Miranda e Tiran avevano provocato. Diandra tornò sconvolta a guardare Tiran e per un attimo tutto il resto sembrò svanire, poteva vedere le labbra di Miranda urlare e chiamare aiuto, sempre più persone avvicinarsi, ma non riusciva a sentire nulla, non un rumore, e non un rumore fu emesso dalla sua bocca quando dopo qualche istante Tiran morì. Diandra, paralizzata dal dolore e dall'incredulità non riuscì a urlare né a disperarsi, ma riuscì a pensare. Certo, il piano era in parte riuscito: Persi era morto o stava per esserlo, Oswold aveva vinto, ma a lei non importava, non le importava essere regina di un mondo in cui non vi fosse Tiran. Tutto ormai era finito e così, approfittando dell'enorme confusione si allontanò. Lentamente iniziò a camminare e senza nemmeno accorgersene si allontanò dall'arena. Camminò senza voltarsi indietro, camminò sempre più veloce e alla fine iniziò a correre, sapeva che Luvia era troppo lontana da raggiungere a piedi e si diresse quindi verso Nurne. Il viso rigato di lacrime, corse sempre più veloce lontano da Oswold, lontano dal regno, lontano dal cadavere dell'uomo che doveva essere suo. Continuò a correre e non si fermò nemmeno quando giunse all'ingresso di Nurne e vide una carrozza. Il pigro cocchiere ancora ignaro di cosa fosse successo all'arena era intento a pulire il suo cavallo e non riuscì nemmeno ad accorgersi che un pugnale gli stava trafiggendo la schiena, uccidendolo. Diandra rimise il pugnale all'interno dell'armatura, slegò il cavallo e vi salì sopra.
Iniziò a cavalcare, senza sapere se mai sarebbe tornata indietro.

Superbia

Amantide

C'era una volta una regina, Amantide era il suo nome.
Amantide era la regina di Cimaterra: un regno grande, ricco e potente; governato per anni con forza e saggezza da re Corvino, morto in battaglia ormai dieci anni prima dell'inizio della nostra storia. Una storia di rabbia, di dolore, di vendetta e di superbia che ora, mio caro lettore, ti racconterò.
Devi sapere, che la morte di re Corvino fu una vera e propria tragedia per gli abitanti di Cimaterra, che, da sempre, ammiravano con quanta forza quel re così alto e imponente gestiva il regno e tutti coloro che vi abitavano. Un regno felice e rigoglioso, devastato a un certo punto da una terribile guerra. Una guerra crudele, insensibile, che non fece distinzioni tra poveri e reali e trasse a sé vittime in tutto il regno, tra cui anche il coraggioso re che come ultimo atto d'amore verso il suo popolo, sacrificò la sua stessa vita. La guerra fu vinta dai soldati di Cimaterra che, infuriati per la morte del loro capo, furono spietati e ancor più coraggiosi di lui nel respingere gli invasori. Dopo la terribile battaglia, nel regno tornò nella pace, se non fosse stato per quella ragazza odiosa, quell'insopportabile principessa che per mancanza di eredi divenne regina, la regina Amantide. Puntigliosa, orgogliosa, rancorosa: questi erano solo alcuni dei difetti della regina, ma ciò che maggiormente la affliggeva, mio caro lettore, era l'ossessione per la bellezza. Amantide era davvero una bella regina: bella e alta quasi quanto il suo defunto padre, da cui aveva ereditato inoltre capelli e occhi neri come la notte, neri quanto la sua anima in effetti. Sì, perché nonostante Amantide fosse di una discreta bellezza, ella non si sentiva mai abbastanza attraente, mai abbastanza appetibile per un marito. I pochi pretendenti che osavano sfidare le storie sul tremendo carattere della regina fuggivano dopo pochi giorni e la poveretta si ritrovava sempre sola con la sua rabbia, che come in una roccia erosa dal mare, avanzava e avanzava, rendendo l'ossessione di Amantide sempre meno sentimento e sempre più vita. Quell'ossessione per la bellezza aveva preso possesso di tutto ciò che era Amantide, mettendosi comodamente al primo posto in ogni suo pensiero o attitudine. E così, la regina insoddisfatta passava le sue rabbiose giornate a farsi consegnare oli, creme e quant'altro da ogni parte conosciuta del mondo. Consultò stregoni, sciamani, libri antichi; tentò in ogni modo di migliorare il suo aspetto ma per quanto si sforzasse, lo specchio crudele le rimandava indietro sempre la stessa immagine, un'immagine che la faceva impazzire e che le faceva credere che mai avrebbe trovato marito. Smise di mangiare per un breve periodo, smise di farlo perché pensò che forse quelle leggerissime forme sui fianchi sarebbero finalmente sparite. Ovviamente questo tentativo come gli altri, non servì a nulla e non perché Amantide non dimagrisse o non avesse la pelle più morbida o i capelli più profumati, ma perché nemmeno l'unguento più magico del mondo l'avrebbe mai fatta sentire diversa, nulla avrebbe potuto cambiare l'immagine che solo lei stessa vedeva nello specchio. Tutto il castello tentò di calmarla, tentò di convincerla che era splendida ma nulla funzionò con la povera infelice Amantide, che si rassegnò a

trascorrere il resto di quella vita ladra di bellezze, senza un marito. Ciò che Amantide proprio ignorava, ahimè, e che effettivamente nessuno nel castello aveva il coraggio di dirle, era che il motivo per cui nessuno voleva avvicinarsi a lei non era certo il suo aspetto estetico. Non era la sua imperfetta bellezza a respingere gli uomini, bensì il suo tremendo carattere, le sue ossessioni, e le sue furibonde urla contro il cielo che ogni giorno scuotevano il regno come tuoni a ciel sereno.
Uno di quei giorni, Amantide pensò di non poter più andare avanti così, pensò che doveva agire per rendere la sua meschina vita migliore. Se non poteva essere la più bella del regno infatti, voleva essere perlomeno la più bella del castello. Quel giorno dunque, fece chiamare il vecchio barbiere di re Corvino e fece in modo che lui portasse con sé tutte le sue attrezzature. Lo accolse con un bel sorriso nel castello e dopo di che fece chiamare anche tutte le cameriere, tutte le serve, chiunque avesse un aspetto vagamente femminile e una dopo l'altra, le fece sfregiare dal barbiere. Amantide osservava soddisfatta, con uno squallido piacere, tutte le donne del castello sedersi una per una sulla sedia del barbiere e inumidire la lametta di lacrime e di sangue, mentre in silenzio lasciavano che egli rovinasse i loro visi. Ad Amantide non importava se fossero belle o brutte, sentiva solo che la loro sofferenza le arrecava in qualche modo piacere, sollievo da tutta la sua rabbia.
Questo bizzarro metodo di compensazione ad Amantide giovò non poco: tutte le mattine apriva gli occhi, passeggiava per il suo castello e guardando i volti deturpati delle sue serve si sentiva finalmente bellissima e in un effimero momento di seduzione verso se stessa, credette davvero di essere guarita da quel suo malessere d'amor proprio. E continuò a crederlo sempre di più, mio caro lettore, poiché qualcosa di lì a poco accadde, un avvenimento che avrebbe per sempre cambiato la vita di Amantide, se in meglio o in peggio, questo lo lascerò giudicare a te.
Un giorno, giunse nel regno un giovane duca, dal nome Riccardo. Un giovane di bello, bellissimo aspetto in effetti, che giunse nel regno per questioni di affari di famiglia e si ritrovò per caso una sera in un'osteria.
"Che ha fatto la regina?" – disse improvvisamente una ragazza seduta in un tavolo affianco.
"Ssht! Zitta non dire quella parola!" – le rispose l'amico che si trovava a cenare con lei, guardandosi intorno con aria sospettosa.
"Non posso certo farmi sentire a parlare male... della regina" – aggiunse sussurrando.
"Ma cos'ha combinato questa volta la squinternata?"
"Pare e ripeto pare, che abbia fatto sfregiare tutte le cameriere di Castel Corvino".
"No! Non ci credo…"
"E invece sì, ora finalmente si sentirà la più bella del castello... e pensare che bella lo è davvero" - concluse l'uomo.
Riccardo ascoltò incuriosito quella strana conversazione. Chi era questa donna bella e squinternata? La curiosità era da sempre una delle maggiori attitudini di Riccardo, insieme ad un'evidente consapevolezza del proprio bell'aspetto. E così,

assetato di curiosità, il giovane duca si recò al bancone dell'oste e con fare affabile e chiacchierone, chiese informazioni su questa misteriosa regina.
"Oh, la regina Amantide. Sì, è la regina di Cimaterra dalla dipartita del nostro amato re Corvino" – spiegò l'oste intervallando la frase con un sospiro malinconico.
"Sì, beh, ho sentito voci alquanto... particolari su di lei... pare sia una signorina stravagante" – sussurrò Riccardo.
"Stravagante... sì, direi che è una definizione appropriata" – rispose l'oste con un sorriso a mezza bocca – "ma... preferirei non parlare dell'argomento".
Riccardo era un uomo curioso, come già detto, e quando un curioso vede davanti a sé un ostacolo alla conoscenza, non può far altro che opporvisi. Così il nostro duca tirò fuori dalla tasca una discreta somma di denaro e la mise proprio davanti al naso dell'oste, che non esitò un solo secondo ad afferrare il denaro e a ricominciare il suo racconto, sussurrandolo ovviamente, non si mai da quali orecchie indiscrete possano essere sentiti i discorsi scomodi.
"Ecco... la regina è... come definirla... una donna impossibile".
"Mi dica di più" – chiese subito Riccardo.
"È irascibile, vanitosa ma allo stesso tempo pare sia piena di insicurezze e di invidie... un disastro insomma".
"Ma da ciò che ho sentito non avrebbe motivo di essere così insicura... pare sia bella".
"È molto bella, mi creda caro signore! È alta quasi quanto lei sa? Una donna affascinante e sempre molto elegante, purtroppo pare che la ragazza non si piaccia. Ogni tanto digiuna, ogni tanto mangia per tre, si copre di creme e quant'altro pur di apparire bella e nessuno riesce ad avere a che fare con lei per molto tempo. Addirittura signore, so che tutti i suoi pretendenti sono sempre fuggiti a gambe levate da lei... come dicevo, una donna impossibile da domare".
"Impossibile dice... lo vedremo" – disse Riccardo un po' a se stesso e un po' all'oste, il quale senza saperlo, aveva toccato il giovane duca in uno dei suoi punti più sensibili: la sua superbia. Tremendamente competitivo e superbo, lo definirono da bambino i suoi maestri. Caparbio, ostinato e saccente, lo appellò il duca di Lamona, suo padre. Riccardo non si era mai curato di questi giudizi: per lui vincere era diritto e competere norma. Cosa poteva mai essere per lui se non un'avvincente competizione, conquistare una regina con un caratteraccio? Poter dire a tutto il mondo di aver domato la bestia sarebbe stato un vero vanto dopotutto, per non parlare dei benefici che un matrimonio reale avrebbe portato agli affari. Riccardo meditò su tutto questo mentre tornava verso la casa di Marino, il gentile amico di vecchia data della famiglia di Riccardo che si era offerto di ospitare il giovane duca per la sua permanenza a Cimaterra. Si mise a letto, il pensiero della misteriosa regina gli accarezzava la mente e mentre i suoi pensieri formavano figure di donne alte e dal portamento elegante, si addormentò.
La mattina dopo Riccardo decise che l'affaire "conquistare la regina matta" lo intrigava a sufficienza ma prima, ovviamente, doveva vederla questa regina. Chiese

consiglio a Marino ed egli contattò un conoscente all'interno di Castel Corvino per avere informazioni: la regina proprio quel giorno si sarebbe recata in visita al salotto di Madama Curotta, una nobildonna famosa in tutta Cimaterra per la sua villa sfarzosa e per i suoi grassi piedi storti, che popolavano le barzellette di tutti i ragazzini del regno.
"Riccardo, figliolo, si può sapere perché vuoi incontrare a tutti costi la regina? Cos'hai in mente?" – chiese Marino affannato mentre arrancava dietro al passo veloce di Riccardo. Egli era infatti un omino piuttosto basso e non certo giovane.
"Voglio conquistarla" – tagliò corto Riccardo.
"Ma... ma..."
"Da che parte ora?" – chiese Riccardo.
"Dobbiamo girare qui a destra... oh ma Riccardo aspetta un attimo tu non sai che strana donna è quella regina! Girano voci tremende su di lei e su cosa fa a Castel Corvino".
"Le ho sentite anche io ed è proprio per questo che voglio conquistarla! Nessuno bestia è impossibile da domare" – rispose con fiera superbia Riccardo.
E così quel bizzarro duo si diresse verso la sontuosa villa di Madama Curotta, una dimora tanto gigantesca quanto pacchiana. Si avvicinarono, il dorato cancello d'ingresso era pattugliato dalle guardie della regina e ciò poteva significare solo una cosa: lei doveva essere lì dentro, dentro a quella stramba casa tutta rosa. Probabilmente stava sorseggiando un tè e chiacchierando con quella Curotta dai piedi storti, era questione di tempo dunque e avrebbe potuto vederla uscire. Congedò Marino, da lì in poi poteva cavarsela da solo dopo tutto, doveva solo aspettare che la regina terminasse l'incontro con la nobildonna e varcasse la soglia di quel cancello d'oro massiccio e sontuoso ed effettivamente non dovette aspettare poi così tanto. Un tempo indefinito dopo, le guardie si disposero ordinate e austere in due file indiane, pronte a scortare la regina di nuovo al suo castello. Era questione di poco, Riccardo doveva agire in fretta, non poteva certo presentarsi alla grande regina a mani vuote. Così si arrampicò sulla preziosa cancellata, voleva arrivare al bellissimo roseto che si stagliava imponente sul retro della villa. Con un po' di fatica si arrampicò e colse una rosa bianca. Sfortunatamente però, le affilate punte del cancello lo ferirono a un dito della mano. Alcune gocce di sangue lasciarono la sua pelle e si posarono sui bianchi petali della rosa. Riccardo voleva prenderne un'altra, voleva gettare questa ma era tardi, la regina stava uscendo. Si avvicinò silenziosamente e la vide: era davvero alta come dicevano, maestosa in un certo modo, con i capelli nerissimi raccolti in uno chignon. Aveva un'aria austera ed imbronciata.
"Buongiorno, regina!" – esordì a gran voce Riccardo.
Amantide si voltò. Un giovane e affascinante uomo dagli occhi azzurri e i capelli castani le sorrideva. Ma chi era? A Cimaterra non l'aveva mai visto, eppure aveva un qualcosa che le sembrava di riconoscere, un'espressione compiaciuta e un piglio caparbio che l'affascinarono all'istante. Le guardie la circondarono subito com'era

da protocollo ma lei li scansò e con un gesto ordinò loro di farsi da parte. Riccardo le sorrise ancora più vigorosamente e avvicinatosi, le porse la rosa.
Che strana rosa le aveva regalato quello strano ragazzo. Un tipo affascinante senza dubbio, e che la lusingava con un regalo. Cos'aveva di diverso oggi? Si era forse pettinata meglio? O era il vestito che l'aveva resa bella agli occhi di un uomo dopo tanto tempo? Amantide era incredula, non ricordava nemmeno da quanto tempo non le arrivasse in dono un fiore. Ormai i pretendenti non si facevano vivi a corte da tanto di quel tempo che quella rosa la spiazzò al punto di non consentirle più di parlare. Sapeva che avrebbe dovuto educatamente ringraziare ma quella rosa così strana aveva catturato ogni sua attenzione.
"Spero di non avervi offesa con questo dono, mia regina" – le disse Riccardo rompendo il silenzio.
"No... io... non sono per niente... con chi ho il piacere di parlare ad ogni modo?" – rispose Amantide tentando di recuperare un savoir-faire da regina.
"Il mio nome è Riccardo Demalestri, duca di Lamona" – rispose Riccardo sfiorandole la mano con le labbra.
Amantide si sentiva confusa: quell'uomo misterioso era anche un nobile e sembrava, dal suo sguardo, che la stesse proprio corteggiando. Cosa avrebbe dovuto fare? Forse invitarlo a corte? Sì, era l'idea migliore.
"Sarei onorato di cenare con lei nel suo castello, mia regina" – rispose Riccardo all'invito quasi sussurrato di Amantide, che ancora frastornata dall'accaduto, fece un cenno alle guardie e se ne andò. Tornata a Castel Corvino si ritrovò imprigionata in un labirinto di pensieri. Si guardò allo specchio eppure si vedeva ancora così grassa, così goffa. Come poteva quell'uomo bellissimo voler cenare con lei? Questo fu il tarlo che tormentò la povera Amantide fino alla sera successiva, sera in cui avrebbe accolto al castello l'affascinante duca. Quella giornata fu molto difficile, non solo per la regina ma per chiunque avesse avuto la sfortuna di capitare per il castello. Amantide provava e riprovava abiti, gioielli e acconciature di tutti i generi senza mai sentirsene soddisfatta, continuava irrimediabilmente a sentirsi brutta. Alla fine scelse un abito elegante di un bel verse smeraldo, si acconciò i capelli con il fiore sanguinante regalatole da Riccardo e si preparò alla serata. Il duca non si fece attendere, arrivò in orario e più bello che mai. La serata trascorse piacevole nonostante l'imbarazzo di Amantide, l'audacia di Riccardo infatti compensava per essa e così, tra discorsi di politica ed eleganti baciamano, Amantide salutò il suo ospite con una gioia sconosciuta nel cuore. Lei non aveva idea di cosa fosse veramente l'amore, ma se esso realmente esisteva, doveva essere proprio quella gioia. Riccardo d'altra parte camminò verso casa di Marino con un compiaciuto ghigno stampato in faccia. Non era poi così impossibile quella regina, anzi, sembrava ancora più facile da conquistare di quanto lui pensasse, ed era anche bellissima. La sfida si stava facendo sempre più interessante.
Riccardo però, accecato dalla continua competizione con se stesso, non aveva la minima idea del ginepraio in cui stava cadendo.

Nei giorni successivi le sue visite a corte continuarono e ogni volta il cuore di Amantide si faceva un po' più gonfio di quella sconosciuta gioia amorosa. Riccardo provava per lei non certo amore, ma un'attrazione magnetica per i suoi capelli neri e per la sua altezza, la trovava maestosa e allo stesso tempo dolce. Non riusciva proprio a capire come potessero definirla squinternata e insopportabile quando quella donna sembrava uno zuccherino ubbidiente. Non poteva essere certo così pessima una vita con lei. In realtà la docilità di Amantide era solo temporanea, ella era talmente affamata d'amore da dedicare ogni suo respiro e ogni sua emozione a quell'uomo che le aveva rapito l'anima, trasformandola nella sua interezza, o almeno così credeva lei.
Riccardo impiegò solo un'altra settimana per chiedere la mano di Amantide. Un matrimonio reale, una moglie docile e bellissima, un castello splendido, un titolo nobiliare ben al di sopra del semplice duca: sarebbe diventato re. Era un'equazione senza problemi, una giornata di sole senza nuvole, nulla poteva andare storto e non sembravano esserci variabili negative. Purtroppo però, Riccardo non aveva considerato la variabile peggiore, quella dell'imprevedibilità di Amantide.
Il matrimonio fu organizzato in fretta e furia dai servi di Castel Corvino e si tenne in un caldo sabato mattina. Amantide era splendida nel suo abito bianco di organza e quando guardò Riccardo negli occhi davanti all'altare, si sentì per la prima volta amata e per qualche istante le sue ossessioni sulla bellezza sparirono, ma solo per qualche istante. La consapevolezza che non sarebbe mai stata tanto bella quanto lo era in quel momento prese il sopravvento su di lei già durante il ricevimento nuziale. Si toccò il viso e le sembrò di sentire una piega nuova, forse una ruga, forse un'imperfezione della pelle, forse dopo il momento più felice della sua vita era destinata a imbruttirsi. La povera Amantide cercò di scacciare questi pensieri e di godersi quella giornata, si impegnò per questo, ma quando venne il momento tanto atteso, il momento della prima notte di nozze, ella si sentì forse più brutta che mai. Si osservò davanti allo specchio e ciò che vide fu solo pelle grassa, un naso troppo lungo forse, una bocca troppo sottile, delle cosce troppo grosse. Senza i suoi vestiti a coprire quei difetti, Amantide si sentì esposta, più nuda ancora di quanto non fosse e così si rivestì e giurò a se stessa che mai più avrebbe riguardato quell'immagine così nuda e fragile allo specchio. Riccardo capì e pazientò, sicuro che le paure della moglie fossero solo momentanee ma non poteva immaginare che l'inferno fosse solo qualche tempo più in là. Amantide infatti, divenne, dopo il matrimonio, se possibile ancora più ossessionata dal suo aspetto e così si ritrovava a passare la quasi interezza delle sue giornate a gridare contro il destino che l'aveva creata in quel goffo modo e a distruggere tutti gli specchi del palazzo, scagliandoli contro le povere serve del castello. Riccardo la osservò nei suoi momenti di delirio e per un po' si convinse che non fossero così gravi, che la moglie rifiutasse di farsi anche solo sfiorare per un semplice malanno passeggero. Dopo tutto lui era stato avvisato, gli era stato detto che quella donna era problematica ma la competizione aveva avuto la meglio e lui, Riccardo, non era certo un tipo che si arrendeva facilmente. Il giovane superbo però mentiva a se stesso, in cuor suo sapeva bene di

non poter sopportare quella donna irascibile ancora a lungo. La creatura docile e mansueta che gli si era mostrata al loro primo incontro era svanita sin da subito, per lasciare posto a una a dir poco infernale.
Riccardo resistette per un mese, si impegnò con tutte le sue forze, ammettere di aver fallito così miseramente lo schiacciava, lo opprimeva, ma sopportare ancora per un giorno quel matrimonio assurdo sarebbe stata una sfida impossibile e così, quella domenica si svegliò molto presto, raccolse le sue cose e senza lasciare alcuna traccia se ne andò e fece ritorno a Lamona, abbandonando Amantide.
Non un biglietto, non una parola. Amantide si svegliò quella mattina e del suo sposo non vi era più alcuna traccia, era sparito nel nulla. Ogni servo del castello venne interrogato, ogni ricerca fu fatta ma di Riccardo nemmeno l'ombra. La povera regina lo cercò, lo cercò in ogni angolo di Cimaterra e non smise finché non fu sicura di averli setacciati uno per uno. Mandò lettere ed emissari a Lamona e per alcuni giorni anche così non vi furono notizie, fino a quando una lettera venne consegnata ad Amantide. La bella ed elegante lettera proveniva dal granduca Rodolfo Demalestri, padre di Riccardo.
"... che il matrimonio si consideri concluso" – lesse ad alta voce Amantide, bagnando con lacrime amare l'ultima riga di quella lettera.
Concluso, era la parola che più di tutte Amantide non riusciva nemmeno a pronunciare. Matrimonio concluso. Amantide si sentiva confusa, quasi come se qualcuno l'avesse presa a schiaffi, come se un forte schiaffo le avesse fatto girare il viso e come se stesse vivendo l'eterno istante in cui il dolore alle guance diventa più intenso e il rossore dato dal colpo si fa più vivo. Come se non riuscisse più a rigirarsi con quel viso, ancora tramortito e incapace di reagire.
Dopo un paio di giorni di confusione però, il rossore sulle guance sembrò iniziare a svanire, il dolore ad attenuarsi per lasciare il posto a una cieca furia, a una violenza che nulla prima di quel momento aveva mai scatenato in Amantide; le sue urla di dolore e rabbia furono così forti da far tremare tutto il regno e le ciocche di capelli che si strappò, svolazzarono tutto intorno al palazzo per ore, come innocenti e candide piume, tramutatesi in lamine intrise di odio.
Amantide era così furiosa con quel vigliacco che non aveva nemmeno avuto l'ardire di scriverle di persona. Voleva vendicarsi, doveva vendicarsi, ma non solo con lui. Tutti quei sudici e schifosi uomini, bugiardi e ingannatori avrebbero dovuto pagarla cara e fu così che Amantide decise che avrebbe passato anche tutta la sua vita a progettare una vendetta verso gli uomini, fin quando non ne avesse trovata una abbastanza crudele da soddisfare la sua sete. Così si ingegnò e si ingegnò ancora, ma per quanto si sforzasse nulla era abbastanza mostruoso, abbastanza agghiacciante, da placare il suo odio. Forse il problema era che ad Amantide serviva qualche risorsa in più, le serviva un'alleata, una donna che condividesse il suo disprezzo per gli uomini e che avesse idee ancora più tremende delle sue. Quale miglior alleata dunque, di una strega? E tra tutte le streghe del regno, Amantide scelse la più temuta, la più sconosciuta, la strega Porfilia. Quella donna era da sempre avvolta da un alone di inquietante mistero, qualcuno nel

regno di Cimaterra, giurava addirittura che essa non esistesse, che fosse solo uno spauracchio per ragazzini. Spesso se ne parlava eppure pochi, pochissimi sostenevano di averla vista e sul suo conto si sentivano storie così tremende che persino Amantide l'aveva sempre temuta.
Una di queste storie narrava che la strega, tanto tanto tempo fa, si fosse innamorata perdutamente di un uomo che però, l'aveva tradita con una fanciulla molto più bella e molto più giovane. Quando Porfilia scoprì il tradimento si inventò un incantesimo a dir poco agghiacciante pur di far soffrire la donna che le aveva portato via la felicità. Pare infatti che per vendicarsi la strega avesse scagliato sulla povera ragazza un crudele sortilegio per cui la poveretta ogni giorno moriva delle morti più dolorose e atroci per poi tornare in vita il mattino dopo ed essere costretta a rivivere quel diabolico inferno tutti i giorni. "Squisitamente crudele" – si disse Amantide – "Non potrebbe esistere alleata migliore per una vendetta d'amore".
Amantide si vestì con cura per l'occasione, indosso un lugubre abito nero, che secondo lei ben si intonava a quel funereo momento di vendetta. Disse alle guardie che si sarebbe allontanata per certe questioni e che l'avrebbe fatto da sola. Dopotutto, ci sono certe occasioni in cui una donna deve cavarsela da sola e questa era esattamente una di quelle.
Col suo mantello scuro e l'odio nel cuore si diresse a cavallo verso una zona mai battuta, una piccola regione paludosa da cui chiunque a Cimaterra si guardava bene dall'avventurarsi. Gli anziani del regno la chiamavano "la palude dei denti". Pareva infatti che di chi osasse frequentare quel luogo, si ritrovassero solo i denti. Amantide aveva ben poche qualità, ma il non lasciarsi impressionare da quattro storielle era decisamente tra queste e poi, era proprio lì che Porfilia abitava. Dopo diverse ore in quella palude, Amantide realizzò che se di denti umani non vi era alcuna traccia, stessa cosa poteva dirsi della strega. Iniziava quasi a perdere le speranze quando scorse una casa, una catapecchia in verità. Brutta, vecchia, quella casa sgangherata sembrava stare in piedi per miracolo ma, ancora una volta, Amantide non si lasciò scoraggiare: la sua sete di vendetta l'avrebbe spinta a qualunque cosa. Così si avvicinò alla casa e bussò con decisione a quella porta tutta rotta. Inizialmente parve non rispondere nessuno, poi una strana e bassissima voce rispose.
"Chi osa disturbare Porfilia?"
"Sono Amantide, la regina, e ho bisogno del tuo aiuto".
La porta si aprì e apparve una donna dall'aspetto vecchio e trasandato, i capelli bianchi sporchi e degli enormi e inquietanti occhi scurissimi, che presero a studiare con curiosità Amantide.
"E perché una regina dovrebbe bussare alla porta di una vecchia strega?!
"Se mi fai entrare ti spiegherò tutto" – rispose con decisione Amantide.
Porfilia esitò, non riceveva visite da quelli che credeva potessero essere tredici anni e per di più una regina. Ci pensò su ancora un istante e poi, seppur con moderata indifferenza, fece cenno ad Amantide di seguirla.

"Ebbene?" – chiese spazientita Porfilia alla regina, che si era appena accomodata su una vecchia e consunta poltrona grigia.
La regina allora spiegò alla strega la sua storia, le raccontò del primo incontro, del matrimonio e di come quel vigliacco fosse sfuggito durante la notte e la supplicò di aiutarla a ideare un'orribile vendetta ma non solo verso di lui, verso quanti più uomini possibile.
Porfilia riprese a studiare Amantide. In un certo senso la infastidiva avere quella giovane e bella regina vestita di sete pregiate nel suo salotto, ma d'altro parte questa storia della vendetta la stava riportando con la mente a vecchi fasti, antiche e sanguinose vendette e battaglie, di cui da un pezzo sentiva la mancanza.
"Pensi di potermi aiutare?" – chiese Amantide.
Si guardarono intensamente per un istante e poi Porfilia, con una voce assai vecchia e stanca, rispose.
"Sì. Posso aiutarti, nulla mi intriga più di una vendetta... nulla" – aggiunse la strega con un fremito rabbioso nella voce, che ricordando antiche sofferenze si era fatta un po' meno stanca.
Amantide allora le chiese strumenti di tortura, incantesimi, qualunque atrocità potesse venirle in mente ma la strega ebbe un'altra, strana idea.
"Lasciamo che si uccidano tra di loro, come animali affamati" – propose la perfida strega con occhi di eccitato odio – "Attira alla tua reggia quanti più uomini puoi e fai in modo che bevano questa pozione, si trasformeranno in scimmie".
"E che dovrei farmene di uomini scimmia?" – chiese scettica Amantide.
"Li avrai in tuo potere sciocchina! Sarai il loro burattinaio, potrai far fare loro ciò che vorrai, divertiti un po' a umiliarli. Dopo di che affamali, non dargli cibo per giorni..."
"E cosa succederebbe a quel punto?"
"Si uccideranno a vicenda naturalmente" – rispose la strega con un sorriso beffardo – "E tu potrai goderti lo spettacolo, li vedrai azzannarsi e divorarsi a vicenda. Solo allora avrai davvero la vendetta che cerchi".
Mentre la strega pronunciava queste parole, quei suoi disturbanti occhi si erano come impregnati di una strana luce, una folle luce di sadismo e angoscia, che rendeva l'atmosfera di quella stanza ancora più tremenda. Quella luce era esattamente ciò di cui era in cerca la nostra perfida regina, la quale senza pensarci un istante tese la mano verso la sua nuova mortale alleata, che gliela strinse vigorosamente. Le due donne si guardarono e una nuova linfa sembrava aver preso possesso di loro, la vecchia e stanca strega aveva lasciato il posto a una donna combattiva e fiera.
Amantide si fece dare la pozione e si diresse al castello. Appena tornata fece subito diffondere tra la servitù, una voce secondo cui la regina, troppo distrutta dal dolore per la sua sorte misera, voleva abbandonare il trono ed era in cerca del suo successore, posizione per cui qualunque uomo del regno poteva candidarsi, presentandosi alla sua corte. Le voci, si sa, sono come delle apine che svolazzando di fiore in fiore lasciano il loro prezioso polline e in poco tempo il polline

dell'inganno si era già diffuso nel regno. Fu così che il primo uomo si presentò solo due giorni dopo alla corte di Amantide che per accoglierlo e ammaliarlo indossò i suoi vestiti migliori, adornò i suoi capelli con fiori e gioielli e mostrò con orgoglio quella bellezza che eppure non le bastava mai.
Adornata di tutto punto, Amantide si recò con un sorriso insolitamente gioioso ad accogliere il suo ospite, tanto che i servi di Castel Corvino si illusero che la regina avesse superato quella cocente delusione amorosa. Alcuni addirittura pensarono che quell'abbandono le avesse fatto aprire gli occhi sul suo pessimo carattere e che magari quel sorriso gioioso potesse essere l'inizio di un cambiamento. Non avevano idea ovviamente del fatto che tutto ciò di male che Amantide poteva aver fatto in passato, non era nulla in confronto alle atrocità che stava per compiere.
Il pretendente al trono si presentò al castello pieno di speranze e di audacia. Era un uomo bello e fiero, con bei capelli biondi e labbra carnose. Un uomo attraente senza dubbio, fattore che rendeva la vendetta di Amantide ancora più eccitante. Fece accomodare l'ignaro ragazzo in un'ala poco battuta dell'enorme Castel Corvino, certe questioni non potevano certo essere sbrigate davanti ai servi, dopotutto.
La regina condusse dunque l'ignaro ospite nella grande Sala del Drocchio, una sala che oltre a essere poco battuta aveva da sempre recato a chi viveva al castello un discreto senso di inquietudine. Sarà stato per quegli strani ritratti che conteneva, per l'oro sbiadito dei suoi affreschi o perché si narrava che un'antica regina vi si fosse impiccata, ma quella sala avrebbe messo a disagio chiunque, tranne Amantide ovviamente.
"Mi ripeti il tuo nome?"
"Il mio nome è Marcello Vermutti, mia regina. Permettetemi di dirvi quanto io e tutto il vostro popolo siamo stati rattristati dalla not..."
"Ora basta coi convenevoli" – lo interruppe aspramente Amantide, la quale di ipocrisie e falsità maschili ne aveva avuto proprio abbastanza.
"Assolutamente, mia regina. Il vostro tempo è prezioso, perdonatemi... ad ogni modo lasciate che vi spieghi perché dovreste scegliere me per il trono".
E così il povero Marcello si mise a spiegare quanto più accoratamente poteva tutti i suoi propositi e i suoi progetti per il regno. Amantide, che all'occorrenza sapeva essere una grande attrice, finse di interessarsi molto a quanto il giovane aveva da dire ma in realtà delle sue parole non sentì nulla, si limitò a osservare la sua preda. Osservò il suo viso ben proporzionato, il suo naso leggermente ingobbito, le sopracciglia folte e iniziò a fantasticare su che aspetto avrebbe avuto quel Marcello una volta trasformato in scimmia. Amantide non stava più nella pelle, ma perché quello sciocco non la smetteva di parlare? Era arrivato il momento ormai, non avrebbe resistito ancora a lungo, sentiva già l'odore della vendetta insinuarsi nelle sue narici e annebbiarle la mente, inebriandola. Finalmente Marcello smise di parlare e Amantide, presa da un'eccitazione mai provata prima, si affrettò ad offrirgli una bevanda rinfrescante, un bugiardo gesto di gentilezza dietro cui si nascondeva la pozione di Porfilia.

Non appena bevuto un sorso di pozione Marcello cominciò a contorcersi, emise un gemito dolore e il bicchiere cadde dalla sua mano frantumandosi in mille pezzi. La sua metamorfosi era iniziata e in pochi secondi quell'avvenente ragazzo era diventato una buffa scimmietta.
Amantide lo fissò esterrefatta, la pozione della vecchia strega aveva funzionato davvero. Insomma, sapeva che sarebbe successo ma quando davvero davanti a sé si trovò una semplice scimmietta spaventata, si rese conto realmente di quanto stava accadendo, e ne fu deliziata.
Il povero Marcello, divenuto scimmia, dal canto suo si sentiva stravolto e spaventato. Cosa diavolo gli era successo? Aveva sentito un dolore atroce al petto e ora... gli sembrava di essersi rimpicciolito. Si guardò le mani e con suo profondo terrore realizzò che esse erano pelose e di un marrone piuttosto scuro. Urlò ancora, sperando che quello fosse solo un incubo e per alcuni secondi l'aria della sala fu invasa dalle sue grida.
"COSA STA SUCCEDENDO??!" – urlò disperatamente Marcello.
"Diciamo che hai subito una piccola... trasformazione, oh ma in meglio davvero! Quel naso gobbo è sparito mio caro! Dovresti quasi ringraziarmi" – rispose ridacchiando Amantide.
"Cosa? Regina... Io non... che... che cosa è successo?"
"Regina, regina, cosa è successo?" – scimmiottò Amantide sempre ridacchiando – "sei diventato un animale sciocchino! Il mio animaletto domestico... che dolce... una scimmia per essere più precisi".
Marcello era incredulo, fissava Amantide con la bocca spalancata dalla paura e non emetteva alcun suono.
"Non ci credi per caso? Guarda qua scimmietta!"
Amantide girò un grosso specchio verso Marcello, che in questo modo vide riflessa la sua immagine, l'immagine di una scimmia di medie dimensioni.
"C-cosa devo... fare? Vi prego..."
"Sarai il mio schiavo" – rispose Amantide con un tono di finta dolcezza – "Dovrai fare tutto ciò che ti dico quando te lo dico e... se farai il bravo... tra tre pleniluni esatti sarai libero".
Il povero Marcello pensò di non avere scelta, così accettò di essere suo schiavo e come primo compito ebbe quello di pulirle i piedi con oli ed essenze profumate. La regina, del resto, era del ancora convinta che il marito vigliacco l'avesse abbandonata perché, nonostante i suoi sforzi, non era abbastanza bella, quindi pensò che in fondo avere degli schiavi che si occupassero della sua bellezza tutto il giorno non sarebbe stato così sgradevole.
Ripeté lo stesso copione per il pretendente successivo, un affascinante cavaliere proveniente da un piccolo regno a est di Cimaterra. Così come era stato per il primo malcapitato, anche questo si affannò in progetti e promesse, assaggiò la bevanda offerta da Amantide e si tramutò in un buffo primate. Dopo essere stato sbeffeggiato e deriso da Amantide, anche il povero cavaliere divenne schiavo delle ossessioni della regina, grazie alle quali fu subito costretto ai lavori di forzata

bellezza, già destino del primo uomo scimmia. I due schiavi passarono le loro prime giornate a massaggiare, lavare e profumare Amantide, che in realtà più di ogni altra cosa amava essere adulata. Non le importava che a farlo fossero due ormai scimmie, costrette per sopravvivenza, il solo suono di parole di adulazione provocava in lei dei brividi di piacere estremo e mentre veniva coccolata dai suoi nuovi due servi, Amantide non poteva che sentirsi grata a Porfilia che, seppur inconsapevolmente, le aveva regalato momenti di pura gioia. Questi momenti però non sfuggirono affatto alla servitù, che sempre più tempo passava a interrogarsi sul perché la regina se ne stesse tutto il giorno in quell'ala nord del palazzo e perché ne uscisse solo qualche volta per mangiare. Quando poi si presentò al castello il terzo pretendente e venne condotto anch'egli nell'ala nord, le domande si sprecarono. Come mai questi pretendenti entrano al castello ma non ne escono? Cosa starà succedendo lì? Ovviamente nessuno osava porre queste domande ad Amantide, che passeggiava per il castello con un'aria stranamente allegra. Nonostante ciò però, la furba regina si accorse di un certo mormorare tra la servitù e decise perciò di licenziare chiunque lavorasse o avesse anche solo modo di mettere piede nel castello. Aveva dei nuovi servi ormai dopotutto, a che le servivano un gruppo di sciocchi pettegoli e impiccioni? E così licenziò tutti, comprese le povere cameriere che aveva sfregiato, comprese le uniche persone che in un certo qual modo erano state per tanti anni la sua unica famiglia. Non ne aveva più bisogno ormai, quello che le serviva erano altri schiavi e per sua fortuna, essi non tardarono ad arrivare.
In pochi giorni giunsero al castello altri cinque malcapitati che uno ad uno caddero nella tela abilmente tessuta da Amantide, la quale si ritrovò così con otto schiavi, troppo impauriti per reagire, troppo stanchi per ribellarsi. Una scimmia per i suoi piedi, una per le sue mani, una che le adornasse i capelli, una per il suo viso, e così via. Gli schiavi-scimmia consumavano in questo squallido modo le loro giornate, al termine delle quali venivano rinchiuse in una piccola stanzetta e costretti a dividere pochi metri senza alcuna dignità. Amantide in quei momenti si divertiva a spiarli dal buco della serratura, una piccola finestra su quello squallido mondo di sottomissione che aveva astutamente creato. Ma il piano di Amantide non era certo finito, il frutto delle sue macchinazioni doveva ancora maturare e non si sarebbe certo fermato a farsi massaggiare da qualche scimmia. Il piano di Amantide era lento, crudele, mirava alla tortura, alla follia e fu per questo motivo che dopo solo un paio di settimane, Amantide iniziò a diminuire il cibo per i suoi schiavi. Essi infatti, che fino a quel momento avevano potuto contare su qualche piccola provvista come pane e frutta, si ritrovarono ora a consumare una sola pagnotta al giorno.
La piccola prigione delle scimmie era scarna e spoglia con un misero giaciglio a testa e se il poco spazio innervosiva i poveri schiavi, Amantide escogitò un modo per peggiorare rapidamente la situazione. Da una pagnotta, il pasto giornaliero degli uomini scimmia passò a mezza pagnotta a testa e infine a due sole pagnotte da dividere ogni giorno tra tutti. La barbara strategia di affamare lentamente le scimmie, come furbescamente previsto da Porfilia, diede i suoi frutti molto presto.

Quella mattina Amantide comunicò con crudele allegria agli schiavi che avrebbe ricevuto due nuovi candidati al trono il giorno seguente e che quindi avrebbe avuto due nuovi schiavi. Appena appresa la notizia, le scimmie cominciarono a innervosirsi, l'aver mantenuto l'intelligenza umana permetteva loro di rendersi conto che dividere il cibo e quella misera prigione con altri due schiavi sarebbe stato impossibile.
Giunta sera, le scimmie vennero rinchiuse nella stanza e Amantide, che aveva sentito odore di assassinio nell'aria per tutto il giorno, cominciò a spiarli dal buco nella serratura, aspettando solo che si verificassero le sue previsioni di morte. I poveri animali infatti ormai erano stremati dalla stanchezza e dal poco cibo e pur avendo conservato la loro mente, avevano acquisito qualcosa dalla trasformazione: la bestialità. E così, per una bizzarra legge di selezione, sette scimmie ne accerchiarono una, che era evidentemente la più debole e, sotto gli occhi estasiati della regina, cominciarono a sbranarla.
Denti e unghie, sangue e viscere, e urla primordiali. Le grida di dolore della povera scimmia avrebbero terrorizzato chiunque ma non Amantide, che ne rimase invece affascinata.
La perfida regina si svegliò allegra il giorno seguente. Aprì gli occhi e canticchiando rivisse nella sua mente e nella sua memoria ogni istante di quanto era accaduto la sera precedente. Un increscioso accadimento, quello della lite fra scimmie, avrebbe detto in via ufficiale se le fosse stato chiesto. In realtà, quella scena di violenza così primordiale aveva instillato in Amantide un buonumore raramente provato. "Porfilia sarà fiera di me quando saprà tutto" – pensò dolcemente infilandosi una morbida vestaglia color cremisi.
"Numero quattro!" – gridò.
"HO DETTO NUMERO QUATTRO!" – gridò più forte non ottenendo risposta.
"Eccomi padrona" – rispose affannandosi in stanza uno degli schiavi scimmia.
"Vai ad accogliere il nostro nuovo ospite e... vostro futuro ehm come dire... coinquilino" – disse Amantide con un sorriso glaciale in volto.
"Certamente, padrona" – rispose Dante, lo schiavo scimmia, tentando in tutti i modi di celare il profondo disprezzo che nutriva per quella sporca e perversa donna.
Amantide si vestì di tutto punto; quando si trattava di compiere l'ormai consueto rituale dell'accoglienza dei futuri schiavi, la regina voleva essere impeccabile.
Si diresse soddisfatta verso la Sala del Drocchio e lì accolse il nuovo ignaro ospite. Si chiamava Tullio d'Angelo ed era il rampollo di una nobilissima famiglia di Cimaterra.
"Tullio, mio caro, è un piacere rivederti" – cantilenò Amantide.
"Mia regina" – si inchinò Tullio. Egli aveva conosciuto Amantide molto tempo prima, quando erano entrambi solo dei bambini. Qualche anno più tardi, il ragazzo aveva visto crescere quella bambina coi capelli neri e l'aveva osservata trasformarsi in una splendida donna. Avrebbe dato qualunque cosa per averla ma, come tanti altri, fu frenato dal carattere irascibile e dal bagliore inquietante che gli occhi di

Amantide avevano sempre emanato. Ritrovarsela lì però, dopo diversi anni, fece uno strano effetto a Tullio. Era bellissima, questo non si poteva negare.
I due vecchi amici chiacchierarono amabilmente del più e del meno, era bello ritrovare Tullio dopo tanto tempo, Amantide aveva sempre apprezzato la sua compagnia e aveva anche sempre sospettato che il giovane avesse un debole per lei, nonostante egli non si fosse mai dichiarato. Era come tutti gli altri, del resto, nessuno aveva mai realmente osato avvicinarsi a lei, nessuno, prima di Riccardo ovviamente. Quel pensiero fece storcere la bocca di Amantide. La rabbia montava sempre di più. Non le importava che davanti a sé avesse un amico d'infanzia, quella di Amantide era una vendetta giusta e non poteva certo fare distinzioni. Così, offrì all'ignaro Tullio la solita bevanda e la scena si ripeté ancora una volta.
La povera scimmia fu condotta alla sua cella e lì venne rinchiusa, insieme alle altre.
La scena che si parò davanti a Tullio fu tremenda. Sette schiavi scimmia che piangevano e si strappavano peli del corpo, disperandosi e battendo i pugni contro le pareti. A terra, un enorme lago di sangue e informe materia grigia e rosa. Le ossa, erano state visibilmente rosicchiate e giacevano qua e là nella piccola stanza. Tullio osservò la scena inorridita, non serviva certo un titolo nobiliare per capire cos'era successo in quella stanza. Le altre scimmie dal canto loro, erano così disperate e così furibonde che quasi non si accorsero della presenza di Marcello. La bestialità, ahimè, aveva preso il sopravvento, ma dopo aver compiuto quello scempio tutti gli schiavi si erano come risvegliati da un incubo, si erano resi conto di aver commesso un atto tremendo e se ne erano profondamente pentiti.
Tullio si lasciò cadere per terra e per qualche istante si abbandonò a una sensazione che non aveva mai provato, un terrore, una paura quasi ultraterreni che gli impedivano di muovere anche un solo muscolo. Forse perché appena arrivato, forse perché meno affamato e disperato degli altri, ma Tullio dopo alcuni minuti decise di reagire, a fatica si rialzò, asciugò le lacrime che gli rigavano il bel volto coperto ormai di peli e parlò agli altri.
"Noi ci dobbiamo ribellare, avete capito?"
"Non possiamo ribellarci" – rispose Marcello con gli occhi fissi nel vuoto.
"Ma noi dobbiamo! Vi prego... do-dobbiamo uscire da qui! Mi avete sentito??"
Marcello a quel punto saltò al collo di Tullio e lo fece sbattere contro un muro, tenendolo per la collottola.
"Tu sei qui da quanto? Cinque minuti? Io sono qui da settimane… noi… non… possiamo… ribellarci".
Tullio rimase inorridito, quel pover'uomo era lì da settimane, i suoi occhi ormai avevano ben poco dell'umano, non vi era nemmeno un'ombra di disperazione sul suo volto, ma più che altro crudele rassegnazione.
"Ascoltami... ascoltatemi" – disse mentre Marcello continuava a tenerlo inchiodato al muro – "Io sono appena arrivato e non posso capire e nemmeno voglio sapere cosa... cosa..." – continuò indicando i resti straziati a terra- "Quello che so è che dobbiamo scappare!"

"Non c'è modo di scappare da qui" - rispose un altro schiavo – "L'ala nord in cui ci troviamo è isolata da ogni cosa! E ad ogni modo anche se scappassimo dovremmo restare per sempre scimmie! Forse... forse ci libererà sul serio... il plenilunio non è ancora... insomma forse... forse dobbiamo solo aspettare".
"E voi le avete creduto? Amantide non ci libererà mai! Dobbiamo fare qualcosa!"
"Ma cosa?" – urlò Dante disperato – "Che cosa dovremmo fare? Siamo solo delle dannate scimmie!"
"NO!" –urlò Tullio disperatamente – "NOI NON SIAMO SCIMMIE! Noi non..." – riprese guardando nuovamente i resti – "Noi siamo migliori di così! Sì, abbiamo l'aspetto delle scimmie ma abbiamo conservato le nostre menti, i nostri cuori... noi possiamo farcela se stiamo uniti!"
Al termine della frase, vi fu un silenzio di tomba e orecchie tese. Amantide stava arrivando.
"Bene ora faremo ciò che dice ma stanotte, escogiteremo un piano. Mi avete capito?" – disse Tullio in un disperato sussurro.
Gli altri schiavi si guardarono e tutti insieme annuirono, avrebbero reagito.
La giornata scorse in modo piuttosto tranquillo. Alcuni degli schiavi fecero un profumato bagno ad Amantide e altri le prepararono il pranzo, come d'abitudine la adularono e la servirono in modo impeccabile, ancora più del solito.
La regina aveva anch'essa peccato di superbia, aveva voluto troppo, e per questo stava per essere amaramente punita.
Durante la notte infatti, mentre Amantide veniva cullata dal suo macabro e onirico mondo notturno senza sospettare nulla, gli schiavi si ritrovarono nella loro cella e iniziarono a pensare a come uscire da quella tremenda situazione, perché ciò che era successo la notte precedente non si sarebbe mai più dovuto ripetere. Essendo tutti abitanti del regno, gli schiavi si erano fatti qualche idea su come Amantide avesse potuto compiere tali trasformazioni sui loro corpi.
"Ma è chiaro, no?" – esordì Marcello – "Dietro a tutto ciò può esserci solo la strega Porfilia".
"Ma secondo molti Porfilia nemmeno esiste!" –replicò un altro schiavo.
"Porfilia esiste eccome! Quando ero piccolo..." – raccontò Tullio – "La casa dei miei nonni andò a fuoco, venne distrutta completamente in pochi minuti. Io in quel momento non realizzai del tutto ciò che stava succedendo ma anni dopo, i miei genitori mi raccontarono che era stata Porfilia. Mio nonno le aveva fatto un non so quale torto e lei per vendicarsi... aveva distrutto la loro casa".
"Io non sono sicuro che sia una buona idea" – disse Marcello a denti stretti. Essendo il prigioniero che era lì da più tempo, il povero Marcello era tra tutti il più infervorato, il più scimmiesco, il più provato da tutta quella situazione.
"Marcello... noi dobbiamo andarcene da qui! Guarda come stai diventando! Dobbiamo... dobbiamo andare via!" – disse questa volta Attilio, un altro dei malcapitati schiavi.
Marcello guardò tutti loro e si rese conto che la bestialità stava prendendo il sopravvento su di lui, così si arrese finalmente all'idea di evadere da quell'inferno e

tutti insieme e gli schiavi iniziarono a ordire un piano. Dato quasi per certo che dietro quell'assurda macchinazione ci fosse la strega, gli uomini scimmia decisero di ordire un tranello ai danni delle loro carnefici.
Così il giorno dopo, Tullio approfittò di in un momento di distrazione della regina e rubò carta e penna. Scrissero una lettera a Porfilia, che tutti sapevano abitare nell'oscura palude dei denti. Nella lettera, fingendosi Amantide, Dante scrisse che la regina non era rimasta soddisfatta della pozione e che desiderava che la strega le portasse antidoto per riparare i danni. Le scimmie erano certe che una strega potente, temuta e superba come Porfilide si sarebbe infuriata alla vista di un affronto simile.
E così fu. Porfilia ricevette la lettera all'incirca sei giorni dopo la sua spedizione, trovarla non era certo facile e il terrorizzato postino aveva impiegato molto tempo sia per trovare il coraggio di recapitare la lettera e sia per trovare realmente Porfilia. La strega lesse con curiosità la lettera, non era solita a ricevere posta in effetti.
E così lesse di Amantide, che nella lettera si diceva del tutto insoddisfatta degli effetti della pozione e che richiedeva un intervento tempestivo per riparare i danni... riparare i danni... per Porfilia fu un affronto mai visto prima. Mai, in tutta la sua lunghissima vita di male e oscurità si era sentita più infuriata e umiliata. Porfilia si arrabbiò talmente tanto che quel pomeriggio esattamente mille fulmini caddero dal cielo abbattendosi sul regno e, verso sera, la strega giunse al castello. Le scimmie, che a turno tenevano d'occhio l'ingresso del castello, la videro arrivare e in men che non si dica, si disposero per attuare il piano che tanto avevano studiato.
Quattro scimmie sarebbero rimaste ad adulare e a servire la vanitosa regina, mentre le altre quattro si sarebbero scontrate con quella terrificante creatura in corpo di donna.
"Ah, numero cinque, i tuoi massaggi sono sempre splendidi" – disse Amantide ad Attilio, che le massaggiava nervosamente i piedi, chiedendosi se i suoi compagni stessero già accogliendo Porfilia.
"Qualunque cosa per lei, mia regina" – le rispose.
Nel frattempo Marcello, che era stato ritenuto da tutti gli altri il più adatto ad affrontare Porfilia, Tullio, Dante ed Emilio si preparavano ad accogliere la strega e a mettere in pratica il piano.
"Ripassiamo il piano ancora una volta" – disse Tullio nervosamente – "Emilio, tu devi spostarti più indietro così potrai dirci esattamente quando quella maledetta strega sta per entrare e... quando entrerà" – aggiunse guardando gli altri – "Attaccheremo".
Marcello e gli altri annuirono e qualche minuto dopo, tutto ebbe inizio.
Porfilia entrò nel castello e in men che non si dica fu letteralmente presa d'assalto dagli uomini scimmia che lei stessa aveva contribuito a creare. Marcello si avventò su di lei con particolare furia e dopo averla immobilizzata, con l'aiuto degli altri tre, la legò con delle corde e la imbavagliò. La trascinarono in uno stanzino di fianco all'ingresso e senza troppo complimenti la buttarono a terra.

"Schifosa strega... maledetta" – disse Marcello sputando tutto l'odio che aveva covato – "Io ti ammazzo!!"
Marcello cercò di avventarsi sulla strega e le mise le mani intorno al collo ma fu, anche se a fatica, bloccato dagli altri.
"Lei ci serve!" – urlava Tullio tentando di bloccare la furia di Marcello.
Quando Marcello si fu calmato, Tullio guardò negli occhi Porfilia e capì solo in quel momento il perché tutti avessero sempre temuto quella creatura malefica. Quello sguardo faceva raggelare il sangue, ma non c'era tempo da perdere. Le altre scimmie non avrebbero tenuto occupata Amantide per molto. Così, mentre gli altri stringevano ancora di più le corde intorno alla malefica strega, Tullio frugò in ogni sua tasca alla ricerca di una bottiglia, di una fiaschetta, di qualunque cose potesse contenere un antidoto, finché non trovò due fiale. Entrambe contenevano un liquido rosa, esattamente come la pozione che li aveva trasformati in scimmie. Ma erano entrambi antidoti? O erano qualcos'altro? Perché Porfilia avrebbe dovuto portare due antidoti?
"Qualcosa non quadra" – disse Tullio rivolto agli altri.
"Che cosa facciamo adesso?" – sussurrò Dante con lo sguardo carico di terrore.
Marcello a quel punto, prima che gli altri potessero fermarlo, si diresse verso la strega e le tolse il bavaglio che le bloccava la bocca e dopo che quella ebbe finito di sputare e di tossire, le parlò.
"Ascoltami bene" – le disse in tono minaccioso e furente – "Ora tu ci dirai quale fiala dobbiamo bere oppure... noi ti uccideremo e stai sicura che non ci fermeremo finché ogni singolo centimetro della tua pelle non sarà ridotto in polvere".
Porfilia a quel punto rise, iniziò una risata fredda e glaciale.
"Rispondi!" – urlò Marcello schiaffeggiando la strega.
"Una fiala contiene l'antidoto e l'altra no" – canticchiò Porfilia – "quale sarà quella giusta?"
"Che cosa fa l'altra? Rispondi!" – urlò Marcello sempre più infuriato.
"Perché non lo scopri da solo?" – rispose la strega prima di esplodere in un'altra risata, al seguito del quale Marcello la imbavagliò di nuovo.
"Che cosa facciamo adesso?" – disse nervosamente Marcello – "La regina potrebbe chiamarci da un momento all'altro... abbiamo poco tempo!"
"Non abbiamo molta scelta... ci affideremo alla fortuna" – disse Tullio in tono solenne.
"Che cosa? No!" – dissero praticamente insieme Emilio e Dante.
"Non abbiamo scelta! Proverò a bere da una fiala e... vedremo cosa succederà. Lei non ce lo direbbe mai Dante... è la nostra unica possibilità".
"Ma non puoi sacrificarti tu! Dentro quella fiala potrebbe esserci qualunque cosa" – protestò Marcello.
"Io vi ho convinti a reagire ed è giusto che sia io a sfidare la sorte" – ribatté Tullio in tono asciutto. Dopo di che, prese a caso una delle due fiale e bevve un sorso. Per un orrendo attimo, gli altri schiavi pensarono che Tullio stesse per morire. Si contorse in una smorfia di dolore e in un grido senza suono. Sembrò durare

un'eternità ma dopo alcuni istanti, la scimmia aveva lasciato il posto a un ragazzo alto, dai capelli e gli occhi castani.
Tullio si toccò il viso ma non osava aprire gli occhi per toccare il resto, quasi come se avesse paura di essersi trasformato. Sentendo le grida di eccitazione dei suoi compagni però, si fece coraggio e aprì finalmente gli occhi. Era tornato umano.
E così uno alla volta, Emilio, Dante e Marcello riassunsero le loro vecchie sembianze umane, tra lacrime e grida di gioia.
"Ora dobbiamo andare dagli altri e ritrasformare anche loro!" – disse tra le lacrime Dante.
"Un momento..." – aggiunse Marcello – "E di lei che ne facciamo?"
I quattro uomini si girarono verso la strega, che per la prima volta da quando era arrivata a Castel Corvino, aveva il volto segnato dal terrore. Sperava che a quel punto la uccidessero, che le dessero una fine gloriosa, di cui tutti avrebbero parlato. Avrebbe accettato tutto, tranne una cosa. Avrebbe sopportato qualunque sorte, ma non quella di essere costretta a bere dalla seconda fiala che aveva portato.
Sfortunatamente per lei però, i quattro uomini avevano intenzione di fare esattamente questo. Emilio le tenne ferma la testa e Marcello, con somma soddisfazione, le versò il contenuto della seconda fiala in gola. La strega tossì, cercò di sputare il più possibile per terra, ma ormai il veleno era entrato in circolo e fu così, che in pochi secondi, la temuta, la gloriosa e grande Porfilia si era trasformata in una viscida e piccola lumaca bianca, che non poté far altro che strisciare lentamente sul pavimento, incapace di emettere anche il più misero suono.
Porfilia, offesa dalla lettera che pensava le avesse inviato Amantide, aveva voluto mostrare la sua superiorità e la sua grandezza come strega, creando una pozione con cui avrebbe trasformato la stessa Amantide in una viscida e strisciante lumaca. Voleva darle una lezione, voleva mostrare la sua magnificenza e punire colei che aveva osato contestarla, eppure quel suo gesto le si era appena rivoltato contro. La grande Porfilia aveva perso la sua guerra, era ormai solo una lumaca, incapace di fare del male a qualcuno.
Quanto ad Amantide, le quattro scimmie che la servivano, la adularono talmente tanto, e la servirono così bene, che riuscirono con l'inganno a portarla nella soffitta del castello, con la scusa di averle preparato lì un letto più comodo. La regina era ormai talmente preda della sua vanità e della sua delirante soddisfazione nell'essere riverita, che si lascò condurre in soffitta. Lì, fu astutamente chiusa dalle scimmie, che se ne andarono e finalmente poterono tornare ad essere degli uomini. Amantide gridò, si disperò, urlò ancora una volta contro quel cielo crudele ma non servì a nulla. Qualche giorno dopo morì di stenti.
La grandiosa regina Amantide, che tanto e troppo aveva voluto, si era ritrovata col niente, e del niente era morta. E così, caro lettore, l'ingannatrice e strisciante superbia, dopo il giovane sposo e la strega, ebbe la sua terza vittima.

Avarizia

La strana sorte di Ortica Gloom

C'era una volta una giovane donna di nome Ortica Gloom.
Ortica non era certo una che passava inosservata. Seppure fosse di statura molto bassa, la sua enorme massa di rossi capelli ricci la rendeva piuttosto riconoscibile a Varemonia, la splendida cittadina in cui viveva. Tra i suoi concittadini, ad ogni modo, Ortica era celebre per ben altro.
Tutti, ma proprio tutti a Varemonia ritenevano che la ragazza avesse un tremendamente brutto carattere. Dispotica, tutt'altro che cordiale ma soprattutto, sopra a tutte le fastidiose attitudini da lei possedute, Ortica era mortalmente avara e quando decideva di volere una cosa arrivava a compiere chissà che stramberie per ottenerla, come quella volta in cui, almeno secondo il racconto di Mary Broombridge, era arrivata ad avvelenare tutti i gatti del quartiere per potersi vantare con le compagne di scuola di essere l'unica ad averne uno.
Ortica era figlia di Bernard Gloom, un mercante che aveva fatto fortuna nella lontanissima Regione dei Babbuini commerciando tessuti e, con la piccola somma guadagnata, si era aperto una fabbrichetta tessile a Varemonia. Con la sua abilità di mercante, il vecchio Bernard ottenne in poco tempo un gran bel successo e iniziò a commerciare tessuti e indumenti pressoché ovunque nel mondo, persino fin sopra alle regioni del Mar Salino, dove pare che le nobildonne impazzissero per le sue lane. La fabbrica divenne una vera e propria fortuna per le casse di Varemonia e molte persone vi lavorarono felicemente per dieci gloriosi anni, sotto la guida di un capo magnanimo e gioviale.
Purtroppo, però, le cose belle prima o poi finiscono, e così in una fresca mattina di primavera, il povero Bernard Gloom morì per una rapida e incontrastabile malattia. Il suo piccolo impero tessile passò, ahimè, nelle mani della sua unica figlia che, cresciuta viziata e perennemente accontentata dall'ingenuo padre, si era trasformata in una piccola serpe piena di supponenza e avida di potere. Come potrai ben immaginare, caro lettore, non appena gli operai della fabbrica vennero a conoscenza della tragica morte del signor Gloom e della sua eredità, rabbrividirono.
"Quella vipera di Ortica, quali terribili danni potrà fare alla fabbrica? Cosa mai ci succederà?" - Si chiedevano preoccupati. E avevano ben ragione a crucciarsi poiché Ortica si sarebbe rivelata la peggiore delle piaghe che mai avessero colpito la Gloom Tessili e i poveri operai stavano per assistere all'inizio di un lungo periodo di soprusi e crudeltà, a causa proprio di quella creaturina dai capelli informemente rossicci.
Ortica Gloom si presentò alla fabbrica alle sette in punto del suo primo giorno da direttrice della fabbrica. Indossava un twin-set color ciliegia che, oltre a fare a pugni col rossiccio dei suoi capelli, la rendeva ancora più tozza e informe di quanto non fosse già. Non era una gran bellezza quell'Ortica, ma questo era effettivamente l'ultimo dei suoi difetti. La piccola serpe, infatti, non perse tempo a farsi accogliere e benvolere dai suoi operai ma si limitò a squadrarli tutti dall'alto del suo ufficio,

che svettava sul salone centrale della fabbrica, con quel color ciliegia del twin-set che ora, oltre a fare a pugni col rosso dei capelli, faceva a pugni anche col grigiastro del muro dell'ufficio. Dopo qualche istante di occhiatacce generali, Ortica si limitò ad asserire che a causa dell'incauto operato del suo ingenuo padre, troppo denaro era stato elargito agli operai e che molti cambiamenti sarebbero da lì in poi avvenuti.

Ad Ortica importava poco o nulla della fabbrica e ancor meno degli operai. Ciò che le interessava era avere sempre più denaro per sé e la sua passione. La terribile avara infatti, amava accumulare denaro ed era assai poco incline a scialacquarlo, eccetto che per la sua grande mania.

Caro lettore, devi sapere che, in effetti, Ortica Gloom aveva un'assai inusuale e malsana passione, una di quelle manie per cui si è disposti a svegliarsi di notte, derubare il prossimo se necessario e, nel caso di Ortica, a tagliare gli stipendi degli operai tanto per iniziare. Questa sua irragionevole bramosia la portava a compiere ogni qualsivoglia gesto per il suo amato e adorato prosciutto.

Ortica ne andava letteralmente pazza, tanto che uno dei suoi più assurdi divertimenti era coprirsi di prosciutto dalla testa ai piedi e starsene lì sdraiata ore e ore con la sua strampalata cura di bellezza. Se ne procurava di ogni tipo e provenienza e la si poteva osservare ogni giorno comandare a bacchetta i suoi operai con in bocca sempre qualche pezzo di prosciutto di cervo, di scoiattolo, di rana o di qualsivoglia specie animale. Ad Ortica però, nulla bastava mai e dopo poche settimane si convinse che il denaro accumulato fosse ancora troppo poco e che se non fosse intervenuta, presto avrebbe rischiato di dover rinunciare a cose vitali per la sua sopravvivenza, come ad esempio quel costosissimo prosciutto di zebra che stava giusto per arrivarle direttamente dalla Regione degli Striati. Ma come ottenere ancora più denaro? Ebbene la nostra Ortica si convinse che l'unico modo fosse liberarsi di alcuni operai. Decise così di licenziare ogni operaio maschio della fabbrica.

"È una questione di natura, miei cari, non è certo colpa vostra" – disse con fredda indifferenza davanti a una folla di operai attoniti – "Le donne hanno dita molto più piccole, cuciono e dipingono i tessuti meglio e più in fretta".

"Ma... Miss Gloom, noi lavoriamo qui da molto tempo e abbiamo delle famiglie da mantenere" - la supplicò Frank, uno degli operai più anziani e stimati della Gloom Tessili.

"Oh, una famiglia da mantenere" – piagnucolò Ortica deridendo il povero Frank – "Cosa vuoi che me ne importi della tua famiglia? Non so più cosa farmene delle vostre manacce callose quindi andatevene. Mi avete stancata" – intimò l'avara addentando una preziosissima fetta di prosciutto d'anatra.

I poveri operai, ancora increduli, non ebbero altra scelta se non quella di andarsene. Molti di loro si disperarono ma alcuni erano convinti che questa follia del licenziamento non sarebbe durata a lungo. Dopotutto, quella maledetta Ortica era giovane e inesperta e ben presto si sarebbe resa conto di non poter proprio fare a meno di tutti loro.

Purtroppo però, gli operai si sbagliavano di grosso, in quanto Ortica aveva già pronto un bel piano di riserva. A che servivano le callose e costose mani degli uomini quando c'era in giro manodopera molto più a buon mercato. Così radunò sei operaie nel suo ufficio e ordinò loro di andare nelle campagne appena fuori Varemonia e di non tornare senza ricci, rospi e lumache.
"Dieci per tipo! Mi sono spiegata bene?! E se oserete tornare a mani vuote vi licenzierò" – ordinò rabbiosa.
Le operaie furono costrette a recarsi nelle campagne per quella bizzarra missione e seppur con una certa reticenza, catturarono gli animali richiesti da Ortica. Le povere bestioline vennero rinchiuse in alcune gabbiette e condotte verso la fabbrica, ignare del fatto che da lì a breve sarebbero diventate i nuovi operai della Gloom Tessili.
Ortica non esitò ad affidare a questi animali i compiti più stancanti. I poveri rospi, ad esempio, dovevano usare la loro lingua lunga e appiccicosa per attaccare i fiori sugli abiti: povere bestiole, a fine giornata le loro lingue erano così secche che le operaie dovevano ricacciargliele a forza nelle piccole bocche tristi. E i ricci, che sporco compito avevano i ricci. Le operaie immergevano le creaturine terrorizzate nelle vernici e ed essi dovevano rotolare su e giù per tutti i tessuti fino ad averli decorati in ogni parte; quella matta di Ortica si era messa in testa che le spine dei ricci creassero dei perfetti pois e poco o nulla le importava se i poveri animaletti si raggrinzivano la pelle a causa delle vernici.
Le lumache, poverette, venivano anch'esse immerse nelle vernici e una volta posizionate sul tessuto, dovevano strisciare su e giù per creare righe e disegni. Le lumache, però, non sono certo famose per la loro rapidità e inizialmente impiegavano settimane a compiere i tragitti necessari a decorare abiti e sciarpe. Ortica, allora, che di lentezza non voleva nemmeno sentir parlare, obbligò le operaie a spargere quotidianamente sulle povere lumachette una strana polverina bianca, grazie alla quale quelle sfrecciavano sui tessuti colorandoli in pochi minuti. Bastava un tocco di quella strana polvere arrivata da chissà dove e quelle lumache diventavano delle vere e proprie velociste e così, Ortica, poteva vedere i suoi profitti accrescersi sempre di più e le sue scorte di prosciutto aumentare a dismisura.
Per un discreto periodo in effetti, Ortica si sentì molto soddisfatta dei suoi nuovi piccoli operai e per qualche mese apparve persino di buon umore, maltrattando le operaie un po' meno del solito. Un giorno si sentì talmente di buon umore che permise loro di sgranocchiare un pezzo di pane durante la giornata, purché lo mangiassero continuando a cucire ovviamente, ma, ahimè, l'allegria di Ortica terminò ben presto. Con l'arrivare dell'autunno, la Gloom Tessili fu costretta a lavorare tessuti più pregiati che potessero ben coprire le signore dal gelo e la nostra avara, che su qualunque cosa risparmiava, si convinse che continuando così non avrebbe più potuto comprare il suo preziosissimo prosciutto. Improvvisamente, all'idea di rinunciare al prosciutto di marmotta targolese che doveva esserle consegnato a giorni, Ortica si infuriò e decise di cacciar via alcune operaie.

Passarono i giorni e una alla volta le povere operaie diventarono sempre meno, finché non rimasero solo venti. Ortica osservò dalla finestra del suo ufficio le operaie in lacrime che lasciavano la fabbrica e si accorse che anche quelle rimaste erano quasi tutte in lacrime. Era senza dubbio necessario riportare l'ordine in quella fabbrica e Ortica decise di intimidire ancora un po' le operaie rimaste con un bel discorso, che preparò in qualche minuto mentre gustava una deliziosa fetta di prosciutto di pavone.
"Operaie!" – inveì infine – "Come avrete senza dubbio notato, siete rimaste in venti. Le venti più piccole, più agili e più veloci, ma ora che siete in poche mi pare ovvio che dovrete lavorare più svelte, più svelte, più svelte! Non voglio più sorprendervi a pulire i ricci o a inumidire le lingue dei rospi! Ora al lavoro sfaticate!"
Le povere cucitrici, tuttavia, per quanto tentassero di lavorare più svelte, faticavano a terminare i lavori e le consegne iniziarono ad accumularsi.
Ortica era fuori di sé. Decise di raddoppiare la dose di polverina bianca per le lumache, di versare della colla sulle lingue dei rospi ma niente, per quanto tutti si sforzassero di lavorare in modo così forsennato, la mancanza di manodopera era sempre più insopportabile. Il culmine della situazione venne a crearsi quando una mattina Ortica si rese conto che a causa dei ritardi nelle consegne e della troppo ingente mole di lavoro, l'unico prosciutto rimasto a sua disposizione era un banalissimo e volgarissimo prosciutto di tacchino, una di quelle riserve che Ortica teneva per i momenti di disperazione assoluta. La direttrice della Gloom Tessili era stata così impegnata da non riuscire nemmeno a ordinare altre qualità del suo cibo preferito. La faccenda era intollerabile, se solo quelle sfaticate avessero lavorato più in fretta, ora Ortica avrebbe avuto ben più prosciutti tra cui scegliere il suo spuntino.
"Inaccettabile" – ripeteva rabbiosamente tra sé e sé – "Ora vedranno... oh sì... eccome se aumenteranno il ritmo".
E le povere operaie videro davvero di cosa era capace Ortica Gloom, che si arrovellò tanto da trovare un sistema a dir poco crudele per obbligarle a lavorare più velocemente. Quella mattina infatti, la perfida avara era arrivata alla Gloom Tessili con un grosso sorriso stampato in faccia, cosa che preoccupò profondamente le operaie e che fece loro temere il peggio. L'ultima volta che Ortica aveva avuto quel sorriso, era stato il giorno in cui le avevano consegnato un pregiatissimo prosciutto di piccione e le operaie erano state obbligate a osservare per circa venti minuti Ortica divorare il suo ingente spuntino, e non solo; la perfida donna le aveva anche obbligate a sorbirsi una filippica su quanto fosse bello essere ricchi e potersi permettere i prosciutti più pregiati del mondo. Le povere cucitrici, dunque, non sapevano proprio cosa aspettarsi, ma la strana luce negli occhi di Ortica non lasciava presagire nulla di buono. I loro peggiori sospetti, tuttavia, non avevano concepito ciò che la direttrice aveva invece pensato per loro.
Quel giorno, Ortica entrò nel salone centrale, seguita da alcuni uomini, e con aria baldanzosa, superò le operaie fino a porsi davanti a loro. Fece un cenno con la

mano ai suoi aiutanti e questi scoprirono una decina di gabbiette, in cui erano contenuti degli scoiattoli.
"Venti scoiattoli" – disse Ortica alle operaie – "Questi adorabili animaletti da oggi in poi staranno sempre con voi".
"Ne verrà assegnato uno a ciascuna di voi" – continuò guardando i volti interrogativi delle operaie – "E ogni qualvolta cercherete di fare una pausa dal lavoro, il vostro scoiattolo... beh diciamo che vi farà cambiare idea".
E così alle operaie vennero assegnati questi animaletti che, seppur carini a vedersi, si dimostrarono di rara perfidia. Ogni volta che un'operaia cercava di fermarsi infatti, il suo scoiattolo le tirava un morso sulla gamba o sul piede e questa era costretta a riprendere immediatamente il lavoro.
"Ah, cosa si riesce a ottenere da uno scoiattolo solo grazie a qualche ghianda" - pensava soddisfatta Ortica nel vedere le operaie strillottare qua e là e tentare di lavorare più velocemente.
Grazie a questo nuovo e perfido metodo, la fabbrica Gloom riuscì a ben guadagnare e i tanto agognati nuovi prosciutti furono consegnati. Ortica era finalmente soddisfatta. La stessa cosa chiaramente non si poteva dire delle operaie, tra le quali stava crescendo un gran malcontento. Ghilberta in particolare, che lavorava alla Gloom da ben cinque anni, da giorni stava meditando sull'ipotesi di recarsi proprio nella tana del lupo. Certo, l'idea di entrare da sola nell'ufficio di Ortica non la allettava per niente, ma era stanca di vedere intorno a sé tutta quella sofferenza, era stanca di ascoltare i pianti di dolore delle sue compagne e di sentirsi impotente. Ghilberta del resto non era certo una debole che si lasciava scoraggiare; ne aveva passate lei, e quell'Ortica non la spaventava poi così tanto. A soli trentuno anni, la nostra operaia ne aveva già viste di ogni: suo marito era morto l'anno prima in un tragico incidente e lei si era trovata del tutto sola, ma la forza delle donne sta proprio nel rialzarsi quando tutti sembra perso e così, Ghilberta si era rimboccata le maniche e aveva iniziato a lavorare il doppio e anche il triplo di prima. Non importava se il sudore le sporcava i suoi lunghissimi capelli neri o se ogni tanto gli occhi castani si riempivano di lacrime, questa era la vita e non c'era mai tempo nemmeno per lamentarsene.
"Ortica Gloom è una bella grana con cui avere a che fare..." – pensava tra sé e sé Ghilberta camminando verso l'ufficio della padrona – "ma io sono una tutta d'un pezzo e non mi lascerò spaventare da quella piccola... stupida..." (e qui, mio caro lettore, è meglio interrompere la frase, del resto non è necessario raccontarti proprio tutti i pensieri della nostra povera Ghilberta, che ancora non sapeva a cosa stava andando incontro).
"Miss Gloom... posso?" – disse infine l'operaia dopo essersi fatta coraggio e aver bussato alla porta dell'ufficio di Ortica.
"Oh, ma guarda chi c'è. Ghilberta, entra pure cara" – disse la perfida con un tono di falsa cortesia.
"Miss Gloom, io... io sono qui da parte anche delle altre operaie perché... ci servirebbero davvero dei guanti e... ci chiedevamo..."

"Guanti? E perché dovrei darveli?" – disse Ortica in tono soave e sfoderando un gran sorriso.
Ghilberta, che non era certo stupida, aveva colto perfettamente la sfumatura amara in quel sorriso fintamente dolce e sapeva bene che tutto ciò non poteva portare a nulla di buono, ma le operaie soffrivano e lei non si sarebbe arresa così facilmente.
"Il fatto è che dovendo cucire più in fretta e toccando sempre i ricci, ci feriamo molto spesso le mani con gli aghi e... fanno male".
A quel punto quella Ortica fissò Ghilberta con uno sguardo severo e penetrante.
"E io... – disse in tono gelido – "Io dovrei spendere il mio prezioso denaro per le vostre piccole manine stanche?... Ghilberta cara – riprese dopo qualche istante di silenzio – "Sai da quanti minuti sei qui?"
"No, miss Gloom".
"Sei qui da sei minuti, sei lunghi minuti che avresti dovuto passare a intingere i ricci nella vernice. Sai quanto è grave questo, Ghilberta?" – aggiunse Ortica con un tono furibondo.
"Lo so, Miss Gloom, ma..."
"Silenzio!" – urlò Ortica su tutte le furie – "Come si chiama il tuo scoiattolo?"
"Alfredo, miss Gloom" - rispose tremando Ghilberta.
"Ebbene... ordinerò ad Alfredo di punirti con sei morsi, sei lunghi morsi che ti serviranno da lezione per la prossima volta in cui verrai colpita dalla malsana aria di coraggio che ti ha portata a disturbare il mio spuntino" - disse Ortica con un rossore in viso che quasi si avvicinava a quello dei suoi capelli – "E ora fuori!"
Ghilberta fece per uscire dalle stanze della perfida avara, ma come aveva potuto pensare di riuscire a ragionare con quella piccola serpe? Camminò rimuginando verso la porta quando fu interrotta, nientemeno che da Ortica, che le disse in tono divertito:
"Sai che ti dico, cara Ghilberta? Per quanto riguarda quegli stupidi guanti, se voi sciocche li volete, uccidete i rospi. I vestiti a fiori non sono molto glamour in inverno... quegli esserini gracidosi non mi servono quindi uccideteli e usate le loro viscide pellacce per cucirvi i guanti".
Ortica attese per qualche secondo una risposta a quella che secondo lei era una domanda più che ragionevole, ma dal momento che Ghilberta si limitava a guardarla con gli occhi pieni di disgusto, Ortica le disse semplicemente – "sciò" – e accompagnò l'esortazione con un chiarissimo gesto della mano.
L' operaia, inorridita e contrariata, girò i tacchi e si affrettò ad allontanarsi dall'ufficio di Ortica, che nel frattempo non si era persa d'animo e aveva ricominciato ad addentare il suo prosciutto.
Ghilberta tornò infuriata alla sua postazione e decise che l'unica cosa da fare, almeno per il momento, era continuare a lavorare il più velocemente possibile. Una volta terminato il lavoro però, decise che avrebbe agito. Le altre cucitrici dovevano perlomeno essere messe al corrente della crudeltà di Ortica, che ormai aveva raggiunto limiti inaccettabili. Ghilberta si guardò intorno: le operaie lavoravano freneticamente e le più lente avevano già piedi e gambe sfigurati dai morsi di quelle

bestiacce che avevano alle calcagna, pronti a colpire a un minimo cenno di stanchezza. Certamente gli animali non se la passavano meglio: molti rospi avevano la lingua talmente secca che sembrava lì lì per staccarsi, due ricci stavano vomitando in un angolo, nauseati e sfiniti dal continuo rotolare su e giù; e le povere lumache con quegli occhi diventati così grandi, erano ormai in preda al delirio e all'insonnia. Ghilberta osservava quel desolante panorama e per un attimo si perse in questi pensieri, un attimo di troppo che non sfuggì all'attenzione di Alfredo. Ghilberta sentì i denti dello scoiattolo affondare nella carne della sua gamba e si rimise immediatamente a lavorare, cercando in tutti i modi di trattenere le lacrime di dolore. Sapeva infatti che Ortica, da qualche parte, stava osservando la scena e si aspettava certamente di vederle, quelle lacrime.
Tra dolori e fatiche, la giornata di lavoro giunse al termine e, mentre i poveri animali sfruttati si dirigevano verso le loro gabbie, le operaie si avviavano zoppicanti alla corriera che tutte le sere le riportava verso le loro case.
Quando tutte le operaie vi furono salite e la corriera prese ad allontanarsi, Ghilberta si sentì finalmente libera di raccontare alle compagne ciò che era successo qualche ora prima e, nel sentire come Ortica si era rivolta a Ghilberta e soprattutto cosa aveva detto sui rospi, tutte le operaie si indignarono.
"Dovremmo ribellarci!" – disse la vecchia Doris con un dito ancora sanguinante – "Non possiamo permettere che ci tratti così! E poi quelle povere lumache... da quando Miss Gloom ci obbliga a cospargerle con quella polverina, molte di loro hanno perso il sonno. La sera quando la fabbrica si svuota, loro continuano ad andarsene in giro per la fabbrica come api impazzite alla ricerca di qualcosa da fare e non riescono più a dormire... ieri sera ne ho vista una che tentava di colorare uno degli scoiattoli!"
"Ma che dovremmo fare?" – rispose Priscilla, una signora sulla cinquantina e con il viso molto appuntito – "Se abbandoniamo la fabbrica non avremo niente e saremo senza lavoro!"
"Priscilla ha ragione" – disse Carla, che pur essendo una delle operaie più giovani aveva un viso perennemente vecchio e stanco.
Le operaie iniziarono a discutere sulla faccenda e il loro forte vociare accompagnò buona parte del viaggio sulla corriera. C'era chi sosteneva che Ortica dovesse essere denunciata, chi proponeva di rubarle tutta la scorta di prosciutti, chi era ormai troppo abbattuta e stanca per proporre qualcosa; fin quando un deciso "state zitte!" ruppe il brusio. A intimare il silenzio era stata Lilly, nomignolo con cui si faceva chiamare da chiunque non sapesse che il suo odiatissimo nome per intero era Lillimantia. La nostra Lilly era, insieme a Carla, una delle operaie più giovani ma, a differenza di quest'ultima, aveva un carattere forte e deciso. Capelli neri, naso a punta, occhi azzurri e uno sguardo perennemente in guerra contro qualcosa, uno sguardo che aveva da quando, cinque anni prima, sua madre era morta e lei ne aveva preso il posto alla Gloom Tessili.
"Doris ha ragione, ci ribelleremo" – disse Lilly in tono battagliero.

"Lilly, tesoro" – disse Priscilla – "Tu sei tanto giovane e forse potresti trovare un altro lavoro ma noi? No... non possiamo fare niente".
"Ma non possiamo nemmeno subire ancora le angherie di Ortica Gloom!" – dissero praticamente in coro Lilly e Ghilberta alzandosi in piedi.
"Quella donna ci ha intimato di usare la pelle dei rospi per avere dei guanti! Ebbene, io propongo di usare la sua!" – continuò Lilly.
Dopo che la giovane operaia ebbe pronunciato queste parole, il silenzio calò improvvisamente sulla corriera per qualche istante, fin quando la vecchia Doris si decise a rompere il silenzio.
"Che intendi dire, cara?" – chiese con toni gentili.
"Intendo dire che noi uccideremo Ortica Gloom e con la sua pelle fabbricheremo dei guanti... e la fabbrica sarà nostra!"
"Ma che assurdità!" – strillò Priscilla, seguita a ruota da molte altre operaie.
"Non è affatto un'assurdità" – disse poi Ghilberta, che aveva osservato le ultime battute delle sue compagne in silenzio.
"Ortica Gloom non ha eredi, se lei morisse..."
"Se lei morisse, noi potremmo guidare la fabbrica" – aggiunse Lilly.
Ghilberta guardò per un istante la giovane Lilly: così giovane eppure così forte e decisa. In effetti,si era chiesta diverse volte come mai quella ragazza così arrabbiata e autoritaria non si fosse ancora ribellata; spesso si era ritrovata a osservarla e aveva notato in lei una rabbia crescente divampare spesso e poi scomparire, probabilmente per concentrarsi tutta nel lavoro, che infatti era sempre impeccabile. Era chiaro: Lilly sentiva in sé da molto tempo lo spirito della rivolta ma fino a quel momento, aveva preferito riversare la sua rabbia sul lavoro e aveva cercato di non pensare, di non badare a tutti i soprusi subiti. Ora però, ora che qualcuno aveva dato il via all'ammutinamento, era chiaro che Lilly volesse mettersene a capo.
"Ragazze, amiche mie" – disse a quel punto Ghilberta – "Ortica Gloom è il male assoluto. Non esiste modo di dialogare con lei, è un'assassina! Un giorno troverà il modo di schiavizzare altri animali o troverà degli schiavi che lavorino gratis o... beh, non lo so, ma quello che è certo è che presto o tardi nemmeno noi le serviremo più e magari deciderà di usare le nostre pelli per fare dei guanti!"
"Voi oggi non avete potuto vederla" – continuò Ghilberta sempre più infervorata – "Non avete visto il suo sguardo... faceva quasi paura, era... semplicemente crudele! Se ne stava lì col suo stupido prosciutto a dirmi quanto sarei stata punita per aver perso ben sei minuti di lavoro".
"E guardatevi! Guardate i vostri piedi e le vostre mani, c'è il nostro sangue sparso per tutta Varemonia ormai. Lilly ha ragione, Ortica Gloom deve morire!"
In quel momento tutte le operaie si guardarono. Qualcosa stava finalmente per cambiare e tutte loro lo sapevano. La corriera era arrivata al termine della corsa, ma nessuna di loro era ancora scesa, nessuna se n'era andata verso casa. Per la prima volta quel gruppo di donne coraggiose era lì riunito e nessuna di loro sarebbe tornata a casa finché non avessero trovato la soluzione.

Decisero di sistemarsi a casa di Ghilberta e di continuare lì la discussione, che proseguì per quasi tutta la notte. Del resto, organizzare un omicidio non è poi così facile, se poi alla banale esecuzione di morte si volesse aggiungere un po' di macabra fantasia, beh, allora la faccenda diventa lunga.
"Per prima cosa dobbiamo liberarci di quei maledetti scoiattoli" – disse Lilly con un velo di rabbia fumante nella voce.
"Credo di sapere come fare" – disse Ghilberta – "Mia nonna mi raccontava delle storie, storie su strane creature e fantastici frutti... nel bosco di Abentùr".
Nel sentir nominare quel luogo, molte delle donne ebbero un sussulto.
"Ghilberta" – disse Priscilla – "Il bosco di Abentùr non è certo un posto... beh, un posto che si conviene a delle signore! Insomma..." – continuò cercando disperatamente uno sguardo di approvazione da parte delle altre – "È un posto pericoloso!"
"Non credo che sia così pericoloso, Priscilla" – disse Doris.
"Oh, andiamo" – disse notando che tutte le altre la stavano guardando – "Non che ci sia mai stata! Ma chi ci è andato davvero parla di alberi che parlano, di fiumi che diventano colorati e di strani animali parlanti. Non mi sembra esattamente pericoloso, no?"
"Il giovane Maier mi ha confidato di esserci stato l'anno scorso" – intervenne Lilly – "E mi ha detto che è stato orribile... gli alberi, i cespugli, l'erba, tutta la natura sembrava volerlo inghiottire e si restringeva sempre più intorno a lui, quasi a soffocarlo. Per fortuna è riuscito a fuggire ma ricordo ancora la sua espressione di terrore".
"Beh, sì è vero ma da quello che so" – disse Ghilberta – "In quel bosco ci sono degli strani frutti che se mangiati hanno poteri magici! Mia nonna mi raccontava sempre una filastrocca, un pugno di versi... ora non ricordo esattamente, era qualcosa come: *nascon dalla terra ma non dall'albero, sono velenosi ma non ti uccideranno. Son rossi, viola e blu, li troverai nel bosco di Abentùr*. Son rossi, viola e blu..." – continuò Ghilberta persa nei suoi pensieri per qualche minuto.
"Ma che succederà agli scoiattoli se li avveleneremo con questi frutti? In fondo non credo che siano cattivi..." – chiese preoccupata Doris, che era sempre stata di natura dolce e premurosa.
"Si racconta che chi mangia quei frutti magici viene assalito da assurde visioni e non riconosce più il sogno dalla realtà. Potremmo distrarre gli scoiattoli in questo modo! Saranno così impegnati con queste allucinazioni da non occuparsi di noi!" – rispose prontamente Ghilberta.
"Io penso che sia un'ottima idea" – disse Lilly – "Domani sera verso le cinque, io, Ghilberta e Priscilla fingeremo di essere malate e con questa trovata scapperemo via dalla fabbrica!"
"Ma... ma... Miss Gloom andrà su tutte le furie!" – protestò sconsolata Priscilla.
"E noi le prometteremo un mese di lavoro gratuito per calmarla e quando l'avremo finalmente uccisa potremo guidare noi la fabbrica Gloom! Il signor Bernard ne sarebbe felice se fosse qui".

Le tre operaie si guardarono negli occhi e infine persino Priscilla, pur rimanendo restia all'idea di avventurarsi in un bosco sconosciuto di cui si raccontavano cose tremende, accettò di partecipare.
L'indomani le cucitrici lavorarono in uno strano silenzio, l'aria dell'ammutinamento si respirava in ogni angolo della fabbrica e l'ignara Ortica Gloom se ne stava nella sua stanzetta a contare denaro e a mangiare prosciutto di pecora. Ah mio caro lettore, l'avarizia di Ortica l'aveva resa totalmente cieca. La perfida avara se ne stava lì a pensare alle proprie ricchezze e non aveva la minima idea di ciò che stava per accaderle.
Ghilberta invece si sentiva agitata. Per tutta la notte aveva pensato a ciò che l'aspettava, all'omicidio che avrebbero commesso, al pericoloso bosco di Abentùr e per tutto il giorno si era chiesta se fosse davvero la cosa giusta da fare. In fondo un assassinio non poteva davvero essere giusto, ma non c'erano altre soluzioni, o forse sì? Questi dubbi affollarono la sua mente per tutto il giorno e fu solo dopo aver guardato la lumaca Betty che capì quanto ciò che stavano per fare era necessario. Quella bestiolina era irriconoscibile: frenetica ma esausta, con degli occhi folli. Non era giusto.
Pochi minuti dopo Ortica Gloom uscì dalle sue stanze per ordinare ad alcune operaie di catturare venti conigli con le cui code avrebbe realizzato una linea di cappellini a pon pon. Quella crudeltà doveva avere una fine.
E così, arrivate le cinque, le tre operaie, sostenute dagli sguardi fieri delle altre, dissero che non si sentivano bene e si allontanarono in fretta dalla fabbrica.
Iniziarono a camminare e dopo neanche un paio d'ore passate tra agitati silenzi e tentennamenti, giunsero al bosco di Abentùr. La notte era nera e l'erba gelida, quel bosco profumava di mistero e scoperta.
"Fa paura anche a voi, vero? – chiese Priscilla, ormai rassegnata.
"Oh, dai entriamo e basta, ormai siamo arrivate fino qui, no?" – rispose sbrigativa Lilly.
Ghilberta le rispose con un cenno di assenso, prese per mano l'ancora spaventata Priscilla e le tre operaie si addentrarono più o meno coraggiosamente nelle viscere del bosco misterioso, che a dire il vero di misterioso non aveva poi chissà cosa. I racconti degli anziani o di chi aveva avuto il coraggio di avventurarsi laggiù, parlavano di incredibili colori, enormi forme e mostri dalle fattezze indicibili; eppure, nulla di tutto ciò sembrava popolare quel luogo. Gli alberi erano normali, i cespugli anche. Insomma, era un bosco come tanti altri, nemmeno di chissà che rara bellezza.
"Io non capisco..." – disse Ghilberta dopo alcuni minuti di cammino – "Questo posto dovrebbe essere... beh dovrebbe essere spaventoso e strano e invece è..."
"Un bosco come tanti altri direi" – disse Priscilla molto sollevata, con una punta di soddisfazione nella voce.
"Priscilla! non dovresti gongolare così! Dobbiamo trovare quei maledetti frutti altrimenti il nostro piano andrà a monte e tu dovrai lavorare gratis per un mese!" – disse seccata Lilly, che poi fulminò Priscilla con lo sguardo.

Le due stavano giusto iniziando a battibeccare quando Ghilberta le zittì e puntò il dito verso un punto del bosco alla loro destra. In quel punto, seppur ancora lontano, si intravedeva una punta di colore, i frutti magici dovevano trovarsi lì. Le tre operaie, nonostante la perenne riluttanza di Priscilla, si recarono in fretta verso il punto di colore e lì in effetti lo scenario del bosco cambiava notevolmente. Gli alberi erano sempre uguali, così come i cespugli, l'erba e tutto il resto. Tutto apparteneva alla realtà di un bosco qualunque, tutto tranne che per degli strani frutti viola che spuntavano dal terreno e per i tre bruchi che vi si stavano beatamente rotolando in mezzo. Ghilberta e le altre si guardarono, non che fossero esperte di bruchi, ma quelli si comportavano in modo molto strano e avvicinandosi un po', Lilly si accorse che i tre bruchi non solo si rotolavano, ma stavano ridendo a crepapelle. Dopo un attimo di assoluto smarrimento per la consapevolezza che quegli animali stavano ridendo, Lilly decise di assecondare quella follia e, nonostante si sentisse stupida, chiese loro perché stessero ridendo. Per un istante, Lilly pensò che le altre l'avrebbero guardata stupite, che i bruchi avrebbero ripreso a comportarsi come dei banali bruchi e che tutto fosse solo nella sua testa, ma ecco che invece uno di essi si voltò verso la sua interlocutrice e, con molta calma, le rispose che un'anatra aveva tutto il diritto di ballare il tip tap e che se non le dispiaceva, lui e gli altri distinti signori con cui si accompagnava, avevano delle faccende da sbrigare. Non appena ebbe pronunciata questa frase, il bruco scoppiò di nuovo in una sonora risata e insieme agli altri, si allontanò.
Lilly si voltò attonita verso le altre, che le rivolsero sguardi altrettanto attoniti.
"Va bene..." – disse a un certo punto Ghilberta – "Abbiamo appena avuto una conversazione con un bruco, non è così strano no? Insomma, chi siamo noi per decidere cosa è strano? perché un'anatra non dovrebbe ballare il tip tap?"
"Giusto!" – disse Lilly – "Io dico che il confine tra improbabile e assurdo è appena un po' più vicino di quanto ci aspettassimo".
"Io invece dico che voi siete matte! Tanto quanto quei bruchi! Ma perché diavolo mi sono lasciata convin..."
"Per tutte le sete del Mar Salino! Priscilla!" – sbraitò Lilly furibonda – "Non dico che tu debba essere positiva, ma perlomeno potresti chiudere la bocca quando ti viene in mente di ricordarci che siamo in un posto assurdo, popolato da animali assurdi, a cercare una cosa assurda, con l'idea di compiere un gesto assurdo? Vorremmo goderci un po' di assurdità se non ti spiace".
"E va bene Lillimantia" – disse Priscilla offesa, scandendo con molta lentezza il lungo nome di Lilly – "Vorrà dire che chiuderò la bocca".
"Smettetela di litigare voi due! E guardate là!" – urlò a un certo punto Ghilberta.
Poco più in là infatti, appoggiato a un cespuglio, se ne stava un piccolo tasso che singhiozzava vigorosamente e toglieva i petali da alcuni fiori. Le tre operaie gli si avvicinarono e videro che il povero animale disperato, di fianco a cui si era creato un cespuglietto di petali, continuava a ripetere con voce rotta dalle lacrime "la mia sposa sta arrivando, la mia sposa sta arrivando". Ghilberta e le altre si dissero che non era il caso di interrompere un momento di tanta tristezza e proseguirono il

loro tour esplorativo di quel luogo intriso di follia. Camminarono per qualche metro, e videro che coricato sul ramo di un albero proprio lì davanti a loro, c'era un uccello tutto intento a mangiare uno di quegli strani frutti violacei. Ghilberta non perse tempo e chiese subito all'uccello se ciò che stava mangiando era un frutto magico, perché loro stavano proprio cercando quelli. L'uccello si stizzì visibilmente.
"Veramente non sono un "signor uccellino", come mi hai chiamato, io sono un picchio".
"Oh sì... ha ragione, mi scusi" – disse Ghilberta trattenendo una risata – "Può dirci per favore se quello che sta mangiando è un frutto magico?"
Il picchio si stiracchiò le ali e rispose pigramente di sì, o almeno così li chiamavano gli stranieri che ogni tanto venivano a ficcare il naso nel bosco.
"Scusate signore, ma non posso continuare la conversazione" – aggiunse poi il picchio – "Sta arrivando il mio amico Francis".
Le tre operaie istintivamente si girarono verso il punto indicato dal picchio, ma non videro nulla. Il picchio, vedendo i loro sguardi dubbiosi le incalzò, piuttosto seccato.
"Oh, ma insomma, è lì! Quel grosso pesce con la cravatta. Eccolo, è proprio lui" – disse come se fosse la cosa più ovvia del mondo.
A quel punto le tre donne non trattennero le risate e Lilly tentò di far notare al picchio che i pesci non vivono nei boschi e che pure se lo facessero, sicuramente non indosserebbero cravatte, del resto loro erano delle sarte, ne sapevano bene di cravatte!
Il picchio a questo punto era passato dall'essere lievemente infastidito all'essere decisamente arrabbiato.
"Ah e così un pesce non potrebbe indossare la cravatta? E come mai voi indossereste quelle barchette da piedi?"
"Ma sono scarpe!" – ribatté Priscilla dopo essersi istintivamente guardata i piedi.
"E a me piace chiamarle barchette da piedi. Che cos'è poi una definizione? Pura demagogia. Ora scusate ma io e Francis dobbiamo andare al concerto di Ugo, farà la sesta di Beethoven oggi".
"E chi sarebbe Ugo? Un merlo con gli occhiali?" – disse Lilly ridendo a crepapelle.
"Un gufo senza occhiali. E ora se volete scusarmi..." – disse il picchio svolazzando verso un altro albero.
Le tre operaie risero insieme e dopo aver raccolto un bel ciuffo di quegli stranissimo frutti della terra, se ne tornarono verso Varemonia, ancora ridacchiando per quanto avevano vissuto.
"*Nascon dalla terra ma non dall'albero...*" – continuava a cantilenare allegra Ghilberta, seguita in coro da Priscilla e Lilly.
Era quasi l'alba e le tre donne erano finalmente tornate a casa. Il giorno della ribellione era arrivato. Ortica Gloom quel giorno sarebbe morta.

Il vento della cospirazione si respirava gelido insieme alla brina, le cucitrici erano arrivate un'ora prima della solita apertura della fabbrica, e soprattutto dell'arrivo di Ortica. Si addentrarono silenziose nella grande fabbrica.
Intrappolati nelle loro misere gabbie, i rospi, i ricci e le povere lumache impazzite. Addormentati e comodi nei loro lettini fatti di tronchi d'albero, gli scoiattoli.
Fu Ghilberta a prendere l'iniziativa: prese dalle mani di Lilly il cesto coi frutti magici e li pose ad uno a uno nella grande cesta delle ghiande. Gli scoiattoli, furbi e astuti come pochi, avvertirono subito un rumore e un odore insolito e accortisi della presenza di Ghilberta, si allarmarono e le chiesero cosa mai fossero quegli strani frutti viola. Tutte le cucitrici, allora si avvicinarono sorridenti a quelli che fino al giorno prima erano stati i loro carnefici e dissero loro che quegli strani frutti viola erano nientedimeno che dei regali. La mossa si rivelò azzeccata in quanto gli scoiattoli, creature avide come poche, nel solo sentire la parola "regalo", si erano avvicinati tutti speranzosi alla cesta.
"Miei cari amici" – disse Ghilberta sfoderando il sorriso più enorme che le riusciva – "Questi frutti li abbiamo colti per voi al... beh, al laghetto qui vicino".
"Ci sono state troppe incomprensioni tra di noi" – riprese poco dopo – "Noi operaie ci siamo rese conto che forse con qualche bel regalo potevamo... ripartire con una nuova amicizia".
Gli scoiattoli si guardarono un istante tra loro, ma in fondo a chi importava perché avessero preso quei regali, un regalo è sempre un regalo per uno scoiattolo. E così quelli che fino a quel momento erano stati furbi e sagaci animali, si rivelarono sciocche creature avide di cibo e potere. Senza stare a pensarci troppo, assaggiarono i loro doni e qualche istante dopo cominciarono a subirne il pieno effetto. La Gloom Tessili si era impregnata di una nube di delirio e allucinazione e forse, mai più se ne sarebbe liberata. Gli scoiattoli avevano perso ogni loro facoltà e si aggiravano all'interno della fabbrica compiendo le azioni più inusuali.
Ci fu ad esempio, un episodio piuttosto buffo con Codadipaglia.
Codadipaglia era uno scoiattolo che tutti chiamavano così per via della sua coda giallastra ma di cui nessuno sapeva il vero nome a dirla tutta, ma ad ogni modo, dopo aver assaggiato uno di quegli assurdi frutti, lo scoiattolo iniziò dal nulla una conversazione assieme ad un gomitolo, e non una conversazione qualunque. Chissà perché a Codadipaglia venne in mente di lanciarsi in una dissertazione sulla metafisica cartesiana. "Non c'è dubbio che la verità sia fallace e ingannevole mia cara Margherita", disse rivolgendosi al gomitolo di lana rosa, che in un baleno si era trasformato in una brillante conversatrice da salotto. Per non parlare delle disavventure di Monsieur Olivande, uno scoiattolo di origine francese che si era, ahimè, convinto di essere una pesca, e in tutti i modi tentò di sbucciarsi, finché purtroppo non ci riuscì. E come non narrare la crudele disavventura di Alfredo, che fu preso per una ghianda dal suo amico Rodolfo e fu proprio da lui rosicchiato. La follia imperversava in ogni angolo della Gloom Tessili, sotto gli

occhi meravigliati delle venti cucitrici, che stavano per compiere il loro atto di ribellione suprema.
Erano le sette di quella fredda mattina, Ortica Gloom sarebbe arrivata da un momento all'altro e così Lilly liberò tutti gli animali ingabbiati e istruì a dovere i rospi, che avrebbero avuto un ruolo principale nella cospirazione contro l'avara padrona. Come due direttrici d'orchestra, Lilly e Ghilberta organizzarono nei minimi dettagli ciò che di lì a poco sarebbe accaduto.
A casa Gloom intanto, l'ignara Ortica si accingeva a recarsi alla fabbrica per il lavoro quotidiano, più nervosa del solito però. Se c'era una cosa che rendeva a dir poco isterica Ortica infatti, era cominciare la giornata senza una nuova fetta di prosciutto fra i denti e guarda caso, proprio quel giorno, il suo carico di preziosissimo prosciutto di struzzo, che attendeva a casa, non le era stato consegnato e si stava dunque preparando ad una conversazione furibonda col negozio che aveva evidentemente sbagliato la consegna.
La giornata di Ortica, ad ogni modo, stava per peggiorare incommensurabilmente.
Miss Gloom, intenzionata ad entrare in fabbrica e maltrattare più del solito quelle scansafatiche delle operaie, si avviò alla porta e sentì avvicinandosi a essa, uno strano caos; le era quasi sembrato di sentire la voce di Codadipaglia blaterare qualcosa su un tal Cartesio. Aprì la porta pronta ad imbestialirsi ma ciò che si trovò davanti catturò in ogni aspetto la sua attenzione, impedendole di concentrarsi su qualunque altra cosa intorno a sé: un enorme tavolo ricoperto di tutto il suo prosciutto, tutto il prezioso prosciutto che Ortica conservava gelosamente nel suo ufficio, era stato buttato lì su un tavolo proprio davanti a lei. Ortica non si chiese perché, cosa o chi, ma si diresse come ipnotizzata verso il suo amato prosciutto, pronta a proteggerlo e a rimetterlo a posto nel suo ufficio. Quello che Ortica non sapeva e nemmeno le era sfiorato per la mente, era che così facendo era cascata in pieno nella trappola delle operaie, che proprio ai lati della porta avevano nascosto i rospi. Quegli animali sfruttati e maltrattati solo per essere nati con delle lingue appiccicose, utilizzarono proprio quelle lingue per intrappolare la loro carceriera: in un furioso istante, saltarono sulle gambe e sulle braccia di Ortica e con le loro lingue le incollarono tra loro. Ortica Gloom lanciò un grido e con gambe e braccia incollate, cadde a terra. Per le operaie era arrivato il momento tanto atteso, si avvicinarono a Ortica e la legarono. Ortica urlava loro insulti e bestemmie, chiamava a raccolta il suo esercito, che però purtroppo per lei, era stato vittima di un delirio di magica frenesia e aveva deposto ogni possibile ascia di guerra. Pensa, mio caro lettore, che gli scoiattoli erano talmente presi a sbucciarsi, a conversare e quant'altro, che nemmeno si accorsero di quando le operaie, tutte e venti insieme, sollevarono la loro padrona e si diressero verso un enorme vasca piena di vernice di uno splendido color violaceo. Ortica Gloom continuava a strillare e a chiedere alle operaie cosa avessero nei loro stupidi cervelli per pensare di fare del male a lei.
"Oh, miss Gloom" – le rispose Ghilberta con finta accondiscendenza – "Mi rincresce ma sa, io l'avevo avvertita che ci sarebbero serviti dei guanti".
"Ma che diavolo...?"

Ghilberta e Lilly ignorarono le imprecazioni e poi guardarono le loro compagne: il tempo della ribellione era finalmente arrivato e così la crudele e avara Ortica Gloom, legata come un prosciutto, fu gettata nella vasca di vernice e vi annegò dentro.
Da quel giorno, le operaie presero possesso della fabbrica e tutta Varemonia ne fu felice, loro soprattutto in quanto non dovettero mai più lavorare senza guanti. Per quanto strano possa sembrare mio caro lettore, l'avara Ortica, che ogni cosa voleva per sé, era finita per concedere proprio se stessa.

Accidia

Il funambolo pigro

C'era una volta un bambino di nome Martino, che appena nato fu abbandonato. Sua madre era una giovane ballerina, forse troppo giovane, che non poteva proprio tenere con sé il frutto di un amore con un uomo già sposato. E così, quando il piccolo venne alla luce, la giovane Dalia decise di abbandonarlo, ma dove? Si chiese. Chi prenderebbe con sé un bambino appena nato senza mai cercarne la madre? E così le venne un'idea. In città era da qualche tempo arrivato un gruppetto di pagliacci e saltimbanchi, erano i personaggi di un circo.
"È il posto perfetto, è perfetto" – sussurrava la ballerina mentre, tenendo in braccio il piccolo avvolto in una copertina a righe, camminava verso il tendone del circo. E in effetti, mio caro lettore, la sua trovata era astuta: il circo sarebbe ripartito la mattina seguente, in cerca di nuovi spettacoli e nuove città. Era ormai notte fonda e Dalia avrebbe sistemato il suo bambino su uno dei carri ancora vuoti, i circensi si sarebbero accorti della presenza del piccolo ospite solo al momento di partire e non avrebbero certo perso tempo prezioso a cercarne la madre per tutta la città.
Erano circa le sette del mattino e il circo era in fermento. C'era chi si occupava di sistemare gli animali sui carri, chi riempiva grosse ceste con tutte le attrezzature di scena e chi smontava il grande tendone che di città in città accoglieva il circo e i suoi ospiti. Tutti erano a lavoro, quando il signor Joseph Corto, ovvero il proprietario del Gran Circo Corto, si avvicinò al carretto prescelto da Dalia; vi stava riponendo una valigetta con i suoi effetti personali, quando scorse un fagottino a righe. Pensò che qualcuno avesse abbandonato sul carro un mucchietto di stracci e già pronto a scagliare una reprimenda a chi avesse compiuto il misfatto, prese il mucchio di stracci per buttarlo via. Ciò che gli capitò davanti fu però inaspettato: un bimbo appena nato che dormiva profondamente, avvolto in una copertina a righe.
Il signor Corto, nemmeno a farlo apposta, era un uomo molto piccolo che, a sentire i suoi circensi, possedeva una principale attitudine: l'indifferenza verso il prossimo. Non era certo la reincarnazione della benevolenza per intenderci ma era anzi noto per preoccuparsi solo dei suoi affari e della buona riuscita dei suoi spettacoli. Tuttavia, mentre il signor Corto osservava il piccolo ancora addormentato che aveva posto nuovamente sul carro, si toccò i baffi grigi, arricciandoseli come faceva sempre quando era pensieroso. Pensava, rimuginava. Lui stesso molti anni prima era stato abbandonato dopo la nascita ed era stato cresciuto da una gentile coppia di sposi, che aveva tentato di trasmettergli le qualità della gentilezza e dell'altruismo. Sfortunatamente il giovane Joseph Corto era stato poco incline a certe attitudini e assai più affine al dio denaro. Era stata proprio questa inclinazione a farlo allontanare dai suoi genitori adottivi, nei confronti di cui il signor Corto non aveva mai smesso di provare un piccolo subdolo senso di colpa. Prendere con sé quel bambino, sarebbe stato il modo più definitivo per chiudere col passato, per ridare ciò che gli era stato dato e per sopprimere

finalmente quel subdolo sentimento di colpa. Inoltre, pensò, ci vorrebbe troppo tempo per rintracciare la madre e noi di certo non ne abbiamo.
E così da quel momento, il piccolo, che venne chiamato Martino, entrò a far parte del Gran Circo Corto e il signor Joseph decise che l'avrebbe educato per diventare un funambolo, ovvero l'unico artista che ancora mancava nella compagnia. Martino fece dunque i suoi primi passi proprio su una corda, venne educato per questo, per diventare un funambolo e nulla più. Un'infanzia strana, la sua. Il piccolo Martino venne cresciuto un po' a casaccio: chi gli preparava da mangiare un giorno, chi lo teneva in braccio un altro, chi lo prendeva quando cascava giù dalla corda. La vita del piccolo funambolo proseguì così all'incirca per i suoi primi sei anni di vita e poi accadde qualcosa che avrebbe cambiato quella giovane vita per sempre: una coppia di circensi entrò a far parte della compagnia, erano un lanciatore di coltelli e la sua assistente. Levaish e Olivia erano una coppia di giovani sposi provenienti dall'Ungheria, dove si erano conosciuti e innamorati. Olivia era nata in una famiglia nobile e quando conobbe, durante una fiera, quel bizzarro personaggio così alto e muscoloso se ne innamorò all'istante, ma non si conveniva a una fanciulla di buona famiglia come lei di frequentare un teppistello come quello, e così le fu impedito di vederlo. L'amore però si sa, vola oltre ogni proibizione e così, la splendida Olivia abbandonò la sua casa piena di pregi per dedicarsi a una vita nomade assieme al suo amato e ne diventò la coraggiosa assistente. Il grande amore però si rivelò assai diverso da come la fanciulla l'aveva immaginato. Levaish infatti divenne poco dopo avvezzo al bere e talvolta abbandonava la giovane moglie per andarsene in qualche taverna e non tornava prima di molte ore. Olivia si era spesso chiesta se quella vita scomoda l'avrebbe mai resa davvero felice ma dalle scelte, talvolta, non si torna indietro e la fanciulla si accontentò di ciò che aveva. Quando Levaish le comunicò di volersi aggregare a una vera e propria compagnia, pensò che finalmente la loro vita sarebbe divenuta più stabile e che il marito sarebbe cambiato.
Entrarono a far parte del Gran Circo Corto una soleggiata giornata di giugno e Olivia si accorse subito di quel bambino che tutto solo volteggiava sulle corde, con addosso vestiti stracciati e i capelli spettinati. Nessuno sembrava curarsi di lui e così Olivia chiese spiegazioni al signor Corto.
"Oh non curatevi di lui" – rispose Joseph Corto – "È solo un trovatello che abbiamo accolto con noi anni fa".
"E nessuno si prende cura di lui?" – chiese Olivia con apprensione.
"Il ragazzo se la cava da solo, signorina cara, non si preoccupi di lui" – disse girandosi a guardare il piccolo in equilibrio sulla sua corda – "Diventerà un grande funambolo" – aggiunse sospirando.
"Ma come può cavarsela senza qualcuno che tenga a lui?" – chiese Olivia incupita pensando in realtà a se stessa.
Il signor Corto esitò un istante e poi, arricciandosi i baffi, rispose: "Può senza dubbio signorina".

Olivia osservò nuovamente quel ragazzino. Il signor Corto aveva ragione: era nato per essere un funambolo, camminava in equilibrio sulla corda con l'eleganza di un cigno. Era bellissimo. Ma era anche così solo; con quei capelli ricciolini arruffati e gli occhi tristi. Sì, era triste. Olivia si riconobbe in lui, così sola e triste. Un sentimento di improvviso amore materno la pervase, Levaish d'altra parte non voleva figli. Il piccolo Martino era l'unica possibilità di Olivia di essere madre, e così gli si avvicinò e decise che mai più lei o quel piccolo si sarebbero sentiti soli.
La vita di Martino era improvvisamente piena d'amore, un sentimento strano, che il piccolo funambolo non avrebbe mai saputo descrivere ma che scandiva le sue giornate in modo puntuale. La vita di Martino infatti si svolgeva prevalentemente sulla corda, che col passare dei mesi e degli anni, veniva posta sempre più in alto, quasi a voler toccare le stelle. Il piccolo funambolo camminava e poco altro faceva che non fosse camminare su quella corda. Era una cosa naturale per lui del resto. Nonostante amasse camminare sulla sua corda però, sentiva altrettanto il bisogno di abbandonarla e di tornare dalla sua Olivia, che con un abbraccio e un bacio lo accoglieva, pronta con un pettinino in mano a sistemare quei capelli sempre arruffati.
"Se fossi una bambina" – diceva sempre Olivia al piccolo funambolo – "Potrei farti delle trecce come le mie, potrei legarti i capelli in una coda di cavallo, e invece questi capelli corti e arruffati non so proprio come sistemarteli!"
Ma a Martino non importava affatto dei suoi capelli, adorava invece giocare con le trecce di Olivia, che erano sempre bellissime, specialmente le sere degli spettacoli. Olivia curava moltissimo i suoi capelli e prima di ogni spettacolo la si poteva scorgere davanti al suo specchio, vestita in uno sgargiante abito rosa o rosso, pettinarsi gli splendidi capelli castani, guardando lo specchio con occhi assenti, come se per pochi minuti fosse in un altro mondo, vivendo un'altra vita. A Martino piaceva molto osservare gli spettacoli, in attesa un giorno, di poter finalmente volteggiare sulla corda più alta davanti a un pubblico attento. Nel frattempo il piccolo funambolo si divertiva a guardare gli altri esibirsi e adorava farlo ogni volta da una prospettiva diversa, cambiando punto di osservazione ogni sera.
Le esibizioni del Gran Circo Corto erano davvero strabilianti, Martino le apprezzava tutte. Amava vedere i pagliacci far ridere i bambini e amava vedere Salmo, il domatore, far ballare tutte le sere il suo orso al ritmo del violino. Martino si divertiva molto guardando quel numero in effetti: l'orso ballava con un buffo cappello verde in testa e sembrava divertirsi anche lui. L'esibizione che più piaceva al piccolo funambolo però era quella più coraggiosa, la più pericolosa, quella del Mirabolante Bardo Ungherese, ovvero il lancio dei coltelli di Levaish, in cui Dalia era l'assistente. Lei sorrideva, i coltelli quasi la sfioravano ma lei era lo sguardo della più totale sottomissione e non smetteva mai di sorridere. Martino non poteva che guardarla felice, sperando di poter essere anche lui un giorno forte e coraggioso come Levaish.
Arrivò il giorno del decimo compleanno di Martino e il signor Corto decise,

imbeccato da Olivia, di concedergli di esibirsi nello spettacolo della sera. Finalmente il Gran Circo Corto aveva il suo funambolo. Martino non si era mai sentito più felice, quella sera non sarebbe stato nascosto in un angolino a osservare ma sarebbe salito su quella corda e il pubblico avrebbe urlato e applaudito per lui. Ah mio caro lettore, avresti dovuto vedere l'espressione sul suo viso, ti avrebbe scaldato il cuore dalla dolcezza infinita che esprimeva. Olivia la vide, e nell'osservare il piccolo funambolo volteggiare allegro sulla sua corda, una lacrima di gioiosa commozione le bagnò il viso.
"Martino! Ho una cosa da darti, scendi dalla corda" – disse Olivia guardando dolcemente il suo piccolo funambolo, che in pochi secondi giunse da lei.
"È un regalo per me?" – chiese saltellando dalla gioia Martino.
"Sì. Ecco, io..." – disse commossa Olivia – "Io so di non essere la tua mamma, ma sono tanto orgogliosa di te" – continuò con qualche lacrima.
Martino rimase stranito. Che strana parola aveva detto Olivia. "Mamma". Era una parola che Martino non conosceva, ma non chiese spiegazioni. Devi sapere, mio caro lettore, che al piccolo Martino capitava talvolta di sentire parole che non conoscesse, ma si vergognava troppo per chiederne i significati. Del resto Martino era cresciuto tra i grandi, non aveva amichetti della sua età con cui condividere le incertezze della fanciullezza ed era convinto di dover parlare come i grandi e di non dover chiedere mai spiegazioni quando non capiva; quindi si limitò ad annuire e ad ascoltare la sua Olivia.
"Questa serata è speciale, piccolo Martino" – continuò dunque Olivia – "E tu devi indossare qualcosa di speciale".
"Che cosa?" – chiese Martino sempre più curioso.
"Ho ritrovato la tua copertina ieri, quella che usavi quando eri piccolo. Te la ricordi Martino?"
"Sì, dormivo con lei quando ero piccolo" – disse Martino.
"È la copertina che ti diede la tua mamma e ho pensato che anche se ora sei troppo grande per usarla..." – Olivia esitò un attimo e con un sorriso si voltò verso una scatolina che aveva appoggiata per terra. La porse a Martino, al suo interno c'era una maglietta a righe. Martino pensò che fosse stupenda e ne fu felicissimo, pur non capendo chi fosse questa mamma di cui tanto parlava Olivia. Arrivò il momento dello spettacolo. La corda di Martino fu innalzata nel punto più alto del tendone e Martino vi salì sopra, aiutato da una scala, pronto a camminare e a saltare per stupire quel pubblico che era lì per lui. La corda era incredibilmente in alto, Martino non aveva mai visto il mondo da lassù, era così diverso, così silenzioso. E così iniziò a volteggiare felice mentre da sotto il signor Corto acclamava "Lo strabiliante funambolo bambino".
Martino era intento nella sua camminata quando a un certo punto, una voce molto molto vicina lo disturbò.
"Vacci piano con quella corda ragazzino!"
Martino fu talmente sorpreso da quella voce, che quasi perse l'equilibrio, per poi recuperarlo poco dopo.

"Forse sono diventato matto..." – pensò il piccolo funambolo continuando il suo numero e dopo qualche istante si era già scordato di quella strana vocina. Non appena Martino ebbe finito l'ultimo salto, tutto il pubblico del circo si alzò in piedi per applaudire lo straordinario talento di quel bambino con la maglietta a righe. Gli applausi e le grida erano così forti da far quasi tremare la corda, Martino sorrideva e guardando sotto, vide Olivia applaudire e saltare e pensò che non avrebbe mai più provato una gioia simile.
Dopo il numero del funambolo lo spettacolo continuò ma Martino non volle scendere, decise di restare seduto sulla corda a godersi le altre esibizioni dalla sua nuova prospettiva e, proprio mentre osservava il numero dell'orso ballerino, quella voce così vicina risuonò di nuovo.
"Che sciocco di orso... bah..."
Martino si guardò intorno spaventato.
"C'è qualcuno??" – chiese atterrito.
"Solo perché sono piccolo non vuol dire che io sia invisibile! Guarda un po' giù sciocchino!" – rispose la voce misteriosa.
Martino allora si guardò intorno e di fianco a sé, con sua enorme sorpresa, vide un piccolo animaletto intento a guardare lo spettacolo. Il funambolo non poteva credere ai suoi occhi.
"Ma... ma sei un topo!" – Disse incredulo.
"Ma perché sempre a me? – Disse tra sé e sé l'animaletto, poi sbuffò e rispose – "Non sono un topo, sono un ghiro! È molto diverso!"
"Ma tu parli! Tu non dovresti parlare!" – continuò tra incredulità e terrore Martino.
"E invece parlo" – ribatté il ghiro.
"Devo essere matto... sì devo essere impazzito" – si ripeteva Martino.
"Non sei matto, sei solo un po' tonto forse".
"No, sono proprio matto invece per vedere un ghiro di fianco a me su una corda e per parlarci anche assieme!"
"Ti dico che non sei matto! Sono salito qui per scappare da quello stupido orso..."
"Oh... voleva mangiarti?" – chiese Martino.
Il ghiro annuì.
"Come ti chiami?" – gli chiese Martino.
"Noce".
"Oh. Io mi chiamo Martino".
E così, un incredulo Martino aveva appena fatto la conoscenza di un bizzarro ghiro parlante. Decise poi di scendere dalla corda, forse dopo una bella dormita avrebbe scoperto che era stato solo un sogno.
"Tu resti qua?" – Disse a Noce mentre si accingeva a scendere.
"Sì" – rispose lui – "Sono troppo pigro per scendere, e poi quassù si sta così comodi" – aggiunse sbadigliando.
Martino andò a dormire, ma al suo risveglio tornò immediatamente sulla corda e lì trovò Noce, impegnato in un profondo sonno.

"Allora esiste davvero" – pensò tra sé e sé. Decise poi che non avrebbe rivelato a nessuno l'esistenza del suo nuovo amico, ora che finalmente poteva esibirsi non voleva certo che il signor Corto lo credesse matto. Avrebbe portato Noce con sé in tutti i viaggi del circo, era talmente piccolo che nessuno se ne sarebbe accorto, e almeno avrebbe avuto un amico tutto per sé.
Passarono i giorni e si trasformarono in mesi, la vita di Martino era finalmente piena: si esibiva, passava il tempo con Olivia e, quando lei era impegnata, se ne stava sulla corda con Noce. Certo, lui non era molto di compagnia, dormiva spesso e pensava molto.
"Che stai facendo?" – Gli chiese Martino una sera vedendolo sdraiato a pancia in su sulla corda.
"Non vedi? C'è un buco nel soffitto del tendone. Sto guardando quella stella. È bellissima" – rispose Noce.
Martino si sdraiò e guardò attraverso quel buchino, vide una stella bellissima. La osservò per un po', ma poi decise di tornare a terra, Olivia aveva detto di volergli insegnare a ballare.
"Ballare? Puah... troppo faticoso" – sentenziò Noce.
Martino non lo ascoltò, ballare sarebbe stato sicuramente divertente. E così fu. Olivia gli insegnò un bellissimo valzer ungherese e il piccolo funambolo adorò imparare questo ballo.
"E un-due-tre, un-due-tre. Sei bravissimo Martino!" – disse felice Olivia.
"Ti ha insegnato Levaish a fare questo ballo?" – chiese Martino.
Olivia si incupì. "No" – rispose – "a Levaish non piace ballare, non balliamo mai" – continuò con un tono triste – "ma tu sei bravissimo, sembra che tu sappia danzare da sempre! Chissà... magari la tua mamma era una ballerina".
Martino sorrise imbarazzato, sperava di non voler più sentire quella parola strana, ma ballare gli piaceva moltissimo, e così i due iniziarono a ballare tutti i giorni e ogni tanto Salmo li accompagnava col violino. Tutta la compagnia alla fine si fece coinvolgere e di tanto in tanto capitava che a ballare fossero anche tre o quattro coppie. Tutti sembravano allegri, tranne Levaish che poco faceva se non rimproverare Olivia di non concentrarsi abbastanza sulle loro esibizioni. Martino li vide litigare un giorno e si rese conto che forse Levaish non era forte e coraggioso come l'aveva sempre visto, ma Olivia sembrava felice e a Martino bastava questo.
Passò un anno e la vita del Gran Circo Corto procedeva tranquilla, tanto quanto quella di Martino che non si era mai sentito meglio in tutta la sua vita. Ma si sa, mio caro lettore, le cose belle spesso non durano e la tranquillità del piccolo funambolo ebbe vita breve. Accadde infatti un episodio terribile che ne avrebbe sconvolto la vita per sempre: una morte, dolorosa e improvvisa. Martino l'aveva già conosciuta, la morte. Era successo qualche anno prima: nella compagnia era entrata una splendida giovane donna. Lady Lila era una bellissima ballerina sul cavallo. Era elegante, aveva dei capelli lunghi così biondi da sembrare bianchi e danzava sul suo cavallo con estrema naturalezza. Una sera durante uno spettacolo, Lady Lila saltò dal suo cavallo e quando tentò di atterrare nuovamente sulla sua sella, il cavallo

improvvisamente si spostò e la giovane danzatrice ahimè cadde a terra. La sua testa toccò il suolo per prima girandosi in modo innaturale e purtroppo il suo collo si ruppe. Il rumore del collo spezzato fu assordante ma Martino non si era particolarmente crucciato per quell'episodio, la morte non lo aveva sconvolto. Il piccolo funambolo era ignaro di quanto essa lo avrebbe travolto in futuro.
Era un piovoso giovedì sera, lo spettacolo era iniziato già da diversi minuti e Martino si era appena esibito. Il pubblico infreddolito l'aveva adorato, come sempre, e Martino aveva deciso, come sempre, di osservare il resto dello spettacolo insieme a Noce, in cima alla sua corda. Si esibirono i pagliacci, poi sarebbe stato il turno di Levaish e Olivia. Lo spettacolo procedeva bene, tutto lasciava presagire una serata di successo e il pubblico era impaziente di assistere a una delle esibizioni più pericolose. Levaish aveva un'abilità incredibile nel lancio dei coltelli, non aveva mai sbagliato, quindi nessuno si sarebbe mai preoccupato per la sorte di Olivia. Quella sera però Levaish aveva bevuto un calice di troppo e non era stabile, si sarebbe dovuto annullare il numero forse, ma lo spettacolo deve andare avanti, almeno così sosteneva sempre il signor Corto.
Levaish iniziò a lanciare i coltelli e i primi due lanci furono perfetti come al solito, il terzo però non andò a buon fine: Il coltello colpì Olivia al cuore. Per Martino all'improvviso tutto si fece confuso, le voci rimbombavano e facevano un gran chiasso, persino Noce si era svegliato dal suo solito torpore. Martino avrebbe potuto fare qualcosa, avrebbe potuto scendere e aiutare la sua Olivia, ma rimase impietrito, come se il mondo non gli appartenesse più. Olivia alzò gli occhi al cielo e incrociò lo sguardo di Martino, poi la vita se ne andò dai suoi occhi, e lei morì. Il piccolo funambolo rimase così, impietrito, per diverse ore, seduto sulla sua corda, senza riuscire a dire né a pensare nulla, sentiva solo una sensazione di profondo e orribile malessere che non avrebbe più abbandonato la sua esistenza.
La vita di Martino infatti da quel momento cambiò radicalmente: il piccolo funambolo si impigrì. Non si può dire se fosse per la tristezza, o per l'influenza del ghiro dormiglione, o per entrambe, ma Martino diventò un funambolo pigro. Iniziò a passare ogni sua giornata sulla corda, l'unica cosa che gli dava sollievo da quella sensazione di apatia verso l'universo, era guardare le nuvole o le stelle da quel buchino sul tendone o ancora meglio, lasciarsi bagnare il viso da qualche goccia di pioggia se all'esterno pioveva. Tutto ciò che non comprendesse quell'attività ormai per Martino era diventata inutile; le uniche occasioni in cui scendeva dalla sua corda erano per mangiare, per dormire o per prendere del cibo per Noce. Una volta in particolare, era sceso (seppur di malavoglia) dalla corda, per andare a raccogliere delle foglie da far mangiare all'amico ghiro, quando sentì inavvertitamente una conversazione che lo riguardava. Erano Salmo e Morina, la mangiafuoco, che essendo in fondo affezionati a Martino, parlavano proprio di lui.
"Beh, Olivia era quasi una mamma per lui, è comprensibile che sia triste" – sentì dire Martino da Morina.
Ancora quella assurda parola, "mamma". Questa volta però Martino non si sentì semplicemente inadeguato per non saperne il significato, sentire quel suono gli

provocò invece uno strano senso di rabbia, un piccolo e inspiegabile fastidio che fece pulsare ogni vena nel corpo di Martino. Il funambolo però era troppo pigro per esprimere realmente quel sentimento di rabbia, non gli importava nemmeno in realtà di aver provato un sentimento di rabbia. Prese le foglie per Noce e se ne tornò sulla corda. Guardò il ghiro mangiare per qualche minuto e si rese conto di non provare emozione alcuna, di non avere alcun interesse nello spettacolo che si stava per allestire e nemmeno nel preparare il suo numero.
La sua indifferenza nei confronti del mondo esterno raggiunse l'apice qualche mese dopo, durante uno spettacolo. Martino aveva svolto il suo numero senza alcuna passione né gioia, aveva semplicemente fatto ciò che gli riusciva naturale: una camminata sulla corda e qualche saltello. Finito il suo numero era sceso dalla corda per andare a bere dell'acqua e una volta dietro le quinte, aveva sentito delle urla.
Girato svogliatamente lo sguardo, vide i due pagliacci darsele di santa ragione: i due erano in lite da tempo ma nessuno si sarebbe mai aspettato ciò che da lì a poco sarebbe accaduto. All'improvviso, uno dei due pagliacci tirò fuori dalla sua valigetta un enorme martello e iniziò a scagliarlo con forza contro l'altro, finché ahimè non ne colpì la testa, rompendola. Il sangue del malcapitato schizzò ovunque e invase una parte del tendone; il panico si scatenò tra pubblico e circensi. Martino però, non trovò alcun interesse nella scena e decise di tornarsene su, dove Noce giaceva seduto sulla corda, tutto sporco di sangue.
"Sei sporco di sangue" – disse pigramente Martino all'amico – "È schizzato sino a qui".
"Sì. Lo so, ma non me ne importa" – rispose Noce – "Stavo per andare a dormire".
Il barbaro assassinio del pagliaccio non toccò particolarmente nemmeno il signor Corto, secondo il quale c'era sempre posto per un po' di orrore negli occhi di uno spettatore, e dunque se ciò avesse portato più pubblico, non sarebbe in fondo stata una morte inutile.
Ciò che più premeva a Joseph Corto invece, era la pigrizia di Martino, che lentamente stava rovinando il suo numero, rendendolo noioso. "Non posso permetterlo" – pensò tra sé e sé mentre si arricciava i baffi e così decise di dare più lavoro al suo funambolo. "Forse" – pensò – "Un po' di sano lavoro manuale lo farà diventare un po' più attivo, quel pigrone!"
E così Martino divenne all'occorrenza carpentiere, sollevatore di attrezzature, responsabile degli allestimenti di scena, ma più di ogni altra cosa, Martino era nato per essere un funambolo, un funambolo e nulla più; e così il signor Corto decise di permettergli di modificare il numero.
"Forse un po' di adrenalina lo aiuterà" – pensò. E così Martino iniziò pigramente a pensare a un nuovo numero e gli diede vita pochi giorni dopo, sotto l'occhio non troppo vigile dell'amico ghiro. I due ormai passavano quasi tutte le giornate insieme e dalla pigrizia dell'uno sembrava quasi venisse influenzato l'altro, in una sorta di apatia da cui nessuno dei due sarebbe riuscito a uscire. L'attività che i due

strambi amici preferivano, era sempre quella di guardare le stelle. Una sera, mentre erano sdraiati col naso all'insù, Noce fece una domanda a Martino:
"Posso farti una domanda? Ho un pensiero che mi ronza in testa e non riesco a togliermelo".
"Dimmi" – rispose il funambolo.
"È una domanda a cui io non riesco mai a rispondere".
"Prova a farla a me".
"Tu sei felice Martino?"
A quella domanda, il funambolo esitò. "Felice" era un'altra parola di cui non sapeva il significato, era certo di averla già sentita ma non riusciva a ricordare. Si concentrò qualche istante e alla fine ricordò. L'aveva sentita dire da Olivia una volta, lei gli aveva detto di essere tanto felice di poter ballare con lui. Anche all'epoca Martino non aveva capito il significato della parola, ma ricordava che il viso di Olivia, nel pronunciare quella frase, era sorridente. "Felice" probabilmente significava qualcosa di piacevole.
"No. Non credo di essere felice" – rispose infine.
"Già, nemmeno io" – rispose Noce – "Ma credo che non ci sia nulla di male in fondo, in un po' di infelicità".
Martino guardò giù. Si stava esibendo Salmo, col suo orso ballerino. Era tutto come al solito, Salmo suonava e l'orso ballava, qualcosa però a Martino sembrava diverso. Lui aveva sempre pensato che quel buffo orso col cappello in testa si divertisse, che amasse ballare, mentre invece guardandolo ora, vide in lui solo una profonda tristezza. Probabilmente anche quell'orso era triste, proprio come Martino.
Questa condizione malinconica del funambolo purtroppo non voleva saperne di migliorare, nonostante i numerosi tentativi successivi degli altri circensi e del signor Corto, che eppure ad arrendersi non pensava proprio. Il nuovo numero di Martino era pronto, nonostante il ragazzo l'avesse provato pochissime volte e il circo quella sera sarebbe stato pieno.
Era una notte fredda ma serena, piena di bellissime stelle, che Martino rimase a guardare fino all'ultimo. Per l'occasione aveva deciso di indossare la sua maglietta a righe. Avrebbe dovuto montare diverse attrezzature nel pomeriggio, tra le quali la sua rete di sicurezza, una pratica usuale per quando eseguiva nuovi numeri, e a cui Olivia lo obbligava a non rinunciare mai. Quella sera però, c'erano così tante stelle e Martino si sentiva così svogliato, che non aveva fatto nulla di ciò che avrebbe dovuto. Quando il signor Corto si accorse della dimenticanza ormai era tardi, il pubblico era in arrivo e decise di fidarsi delle capacità del suo funambolo, che in fondo, della rete di sicurezza aveva avuto bisogno molto raramente.
Iniziò lo spettacolo: quello di Martino era il numero di apertura, un grande inizio di serata per un pubblico impaziente. A seguire si sarebbero esibiti Salmo e il suo orso. Ah, mio caro lettore, l'accidia è una bestia dagli occhi verdi: è comoda, è accogliente, ma ti volta le spalle appena può.

Martino iniziò il suo nuovo numero, che prevedeva diversi salti piuttosto complicati. Sapeva di non averli provati abbastanza, ma in fondo lui era nato per essere un funambolo, che danno poteva mai arrecare qualche prova in meno? Iniziò la sua camminata, era elegante e disinvolta come al solito. Guardò giù, Salmo stava sistemando il cappello del suo orso, d'altra parte l'intero circo se ne stava col fiato sospeso a guardare il piccolo funambolo, nessuna stava prestando attenzione a lui.
Un salto, poi un altro. Il terzo salto però non riuscì bene. Qualcosa era andato storto. Martino pose i piedi sulla corda, ma sentì il suo equilibrio vacillare, si sentì improvvisamente e per la prima volta, innaturale su quella corda. Pensò a se stesso intento a mantenersi in equilibrio con le braccia: era un'immagine divertente.
All'idea di quella immagine Martino sorrise e subito dopo cadde, verso le fauci dell'orso infelice, pagando a caro prezzo la sua troppa pigrizia.

Ingordigia

Le avventure di Marcus B. nel mondo di Mù

C'era una volta il signor Marcus B.
Il signor B. era un uomo perbene e ci teneva che si sapesse. Certo, il suo cognome era fin troppo lungo quindi tanto meglio farsi chiamare semplicemente B. e basta, ma ciò che più premeva a Marcus era far sapere a tutti che era di buona famiglia, laureato e stimato da tutti i suoi concittadini; qualità eccellenti per un buon sindaco. Era proprio questo che Marcus B. aspirava a diventare: lo stimato e rispettato sindaco di Vindoria, la sua bella, pulita e onesta città. Le elezioni si avvicinavano e la campagna elettorale si faceva sempre più dura e aspra, il concorrente di Marcus, un famoso e avvenente avvocato, stava cercando da giorni di screditarlo punzecchiandolo sul fatto che lui, Marcus, non aveva moglie, né fidanzata, né uno straccio di conquista romantica da presentare al pubblico alle cene con gli elettori. Effettivamente Miretta, la madre di Marcus, lo supplicava da anni di sposarsi e sistemarsi ma Marcus sembrava non riuscire mai a trovare una donna interessante, non che non ci avesse provato. Era uscito con ben tre ragazze nella sua vita e tutte e tre le volte le cose si erano concluse in breve tempo. Marcus non era sicuramente bellissimo, era piuttosto basso, magrolino, con capelli neri sempre cortissimi e dei serissimi occhiali rettangolari, che a sentire Miretta gli davano un'aria professionale. Quindi, insomma, non era lui il problema, lui era solo un tantino esigente, forse, ma non poteva certo sposarsi con una qualunque, sarebbe stato a dir poco avventato e l'avventatezza non era sicuramente tra le caratteristiche del signor Marcus B, anzi.
Il signor B. era un uomo riflessivo, tutto ragionamento e niente impulsività, un tipo, insomma, che di avventure e avventatezze non ne sapeva davvero nulla, se si esclude quella volta che in campagna dalla nonna aveva catturato una biscia e si era vantato del suo coraggio per una settimana.
"Noioso, ma come osano definirmi noioso? Stupidi – giornali – inutili!" – disse Marcus tra sé e sé strappando uno di quei giornaletti che gli davano del noioso solo per screditarlo. Ma che ne sapevano loro? E, soprattutto, da quando per essere un buon sindaco bisognava essere degli avventurieri? Non li riusciva proprio a capire Marcus quelli lì, quei bastian contrari che insistevano nel reputarlo un tipo anonimo. Tornando a casa, passò al mercato a comprarsi la cena, percorse il solito viale alberato e senza neanche accorgersi del percorso fatto arrivò a casa e mentre gustava la sua insalata belga, una vocina interiore iniziò a tormentarlo, una vocina perfida e infima che gli sussurrava quelli che erano i suoi peggiori sospetti, e cioè che forse Marcus un po' noioso lo era. Si guardò intorno e tutto il suo appartamento, tutta la sua insalata, così come tutta la sua vita, gli sembrarono improvvisamente fiacche. "Ma come" – sussurrava la vocina – "ti bastano due righe su un giornale per farti dubitare della tua personalità? Forse se sei stato così veloce è perché in fondo lo sospettavi anche tu di essere un po'anonimo. No?" – Forse sì, non sapremo mai esattamente cosa passò per la testa di Marcus B. quella sera, ma ciò che sappiamo è che quando si stese a letto faticò a prendere sonno,

intento com'era a rianalizzare le sue giornate per poi convincersi che ciò di cui aveva bisogno per scrollarsi di dosso quei dubbi, era semplicemente fare qualcosa di diverso. Ma cosa fare? Non voleva certo fare qualcosa di estremo come un tatuaggio o buttarsi giù da un aereo, no niente del genere decisamente, gli serviva giusto un diversivo per distrarsi un po', possibilmente senza farsi notare. Decise che l'indomani sarebbe andato a fare una bella escursione nel bosco vicino a Vindoria. "Com'è che lo chiamavano?" – si chiese Marcus tra sé e sé mentre tentava di addormentarsi – "Ah ecco! Il bosco delle fate... chissà perché, e chissà perché io non ci sono mai stato" – continuò a chiedersi Marcus. Alla fine dopo quasi due ore di pensieri sul perché sua madre non lo avesse mai portato nel bosco, si addormentò e il mattino dopo si svegliò allegro e felice come non si sentiva da quando in seconda media aveva partecipato alle olimpiadi della matematica. Dopo una rapida colazione, Marcus aprì il suo armadio e decise di vestirsi nel modo più consono possibile all'occasione che si stava per presentare, per quanto il suo armadio potesse offrirgli ovviamente. Indossati un paio di pantaloncini corti e una maglietta blu, prese la sua vecchia bicicletta e si diresse orgoglioso e tronfio verso il bosco, sperando vivamente che qualche elettore potesse vederlo e riferire a qualche giornale di averlo visto in tenuta ginnica. Dopo una ventina scarsa di minuti, Marcus giunse finalmente al luogo designato per il suo svago e, legata la bicicletta a un albero, iniziò una lunga camminata di cui assaporò moltissimo il silenzio. Il bosco era davvero bello, probabilmente era questo il motivo per cui lo chiamavano il bosco delle fate, perché era un luogo incantevole. La radura non era per niente fitta e il sole illuminava tutti gli splendidi alberi e le piante del bosco, che sembravano ospitare un gran numero di creaturine, tutte innocue ovviamente, per la gioia di Marcus, che non sapeva proprio come avrebbe reagito all'incontro con un serpente o un altro animale pericoloso. Sentendosi finalmente in pace e rilassato, il signor B. si perse nei suoi pensieri e senza nemmeno accorgersene, camminò per un'ora. Quando alla fine si rese conto di aver fantasticato un po' troppo, realizzò anche di non avere la più pallida idea di dove si trovasse. Il bosco in effetti, era gradualmente cambiato: da soleggiato e mansueto era improvvisamente diventato strano, tetro.
Possibile che si fosse talmente perso nei suoi pensieri da non accorgersi che gli alberi erano più alti, la vegetazione più fitta e la temperatura decisamente inferiore? "Evidentemente sì" – pensò Marcus con una decisa nota di seccatura. Decise quindi di tornare indietro, sperando che qualcosa gli indicasse la strada del ritorno, eppure ciò non successe.
Marcus B. si era addentrato in luogo alquanto oscuro del bosco, un luogo che tutti gli abitanti di Vindoria evitavano con cura, in quanto secondo alcuni libricini di leggende, era tana di certe creature bizzarre, non del tutto umane. Marcus ovviamente ignorava tutto ciò, forse quando gli altri ragazzi leggevano quei libri lui era impegnato con le olimpiadi della matematica, chissà. Ad ogni modo, mio caro lettore, il nostro Marcus camminava e camminava ma più si convinceva di essere sulla via del ritorno, più in realtà si addentrava nelle viscere del bosco delle fate e si

chiedeva cosa avesse poi di così incantevole quello stupido mucchio di alberi e cespugli. Persino le creaturine che prima sembravano così innocue erano sparite e al loro posto sembravano esserci solo delle strane lucertole raggrinzite. Marcus iniziava a preoccuparsi.
"Ok... fermati, calma, pensa" – ripeteva tra sé e sé – "Da che parte sei arrivato?".
Ma ciò che Marcus B. ancora non sapeva è che qualcosa nella sua camminata era andato storto, ciò che doveva succedere non era successo e soprattutto che stava per entrare in un mondo popolato da strane e bizzarre creature, che una volta popolavano racconti e leggende. Disidratato e confuso, si sedette su una grossa pietra e dopo aver bevuto due grosse sorsate d'acqua, cercò di calmarsi e di capire come uscire da quella situazione così assurda, ma non aveva portato il cellulare. "Che razza di idiota non si porta dietro il cellulare?" – pensò maledicendosi per aver pensato che il telefono sarebbe stato poco appropriato a una vera immersione nella natura. Lo sconforto ebbe il sopravvento su di lui, si guardò intorno: gli alberi non erano più belli e fioriti come prima. Ma com'era possibile? Come potevano degli alberi apparire così minacciosi? Niente più fiori, solo spine, rovi e quelle strane lucertole.
"No, un momento" – pensò Marcus – "C'è qualcosa di colorato, ma che cos'è?" – pensò mentre si chinava a raccogliere qualcosa da terra. Con sua sorpresa Marcus si rese conto di aver raccolto quello che sembrava a tutti gli effetti essere un piccolo berretto rosso a punta. "Ok questo è davvero strano" – pensò. "Quale bambino così minuscolo da portare un cappellino del genere potrebbe essere stato portato qui?".
Ma il cappellino non era l'unica cosa bizzarra di quella già bizzarra situazione. Di fianco a quella pietra, oltre al berretto, c'era anche una ciliegia, una ciliegia morsicata. Ma era a dir poco assurdo, quella parte del bosco era talmente buia e tetra che certamente non ci si poteva aspettare di vedere delle ciliegie! Marcus ancora incredulo, teneva in mano quei due piccoli oggettini quando successe qualcosa che lo confuse ancora di più, qualcosa parlò.
"Io non lo toccherei se fossi in te" – disse la cosa in tono asciutto.
"C-chi è? Chi ha parlato?" – chiese Marcus del tutto terrorizzato.
"Filli lui non dovrebbe essere qui! Non dovrebbe sentirci!" – una seconda voce sconosciuta, ma che stavolta sembrava femminile, si era unita alla prima ed evidentemente le si era rivolta con una certa preoccupazione.
"Lo so, Milli, ma ormai è qui e va mandato via".
"Ok, ora basta! Chi è la?" – urlò Marcus ostentando una finta spavalderia e guardandosi intorno.
"Non ci vedrai mai se guardi lassù, bello!" – urlò la voce che sembrava femminile – "Siamo qui sotto!
Marcus abbassò lo sguardo e per un attimo non vide nulla e iniziò a sentirsi preso in giro, poi mentre distoglieva lo sguardo si rese conto di aver appena visto un fungo sbattere le palpebre. Stava giusto per pensare che era una follia perché i funghi non hanno le palpebre, i funghi sono funghi non hanno... quando si accorse

che il secondo fungo lo stava guardando piuttosto male. Marcus, preso dal terrore, urlò e cercò di scappare ma sfortunatamente inciampò nella pietra su cui si era seduto e si ritrovò a faccia in giù proprio vicino ai funghi dagli occhi animati. Nella caduta aveva perso gli occhiali, così allungò le mani per riprenderli e molto lentamente li inforcò, certo che una volta rimessi, avrebbe guardato alla sua destra e non avrebbe di certo visto un paio di occhi severi su un fungo. Mise gli occhiali e per un altro confortevole istante tenne gli occhi ben chiusi, poi li riaprì e il fungo dallo sguardo severo lo stava ancora squadrando.
"Ma che mi sta succedendo?" – piagnucolò Marcus, ormai convinto di essere impazzito.
"Vorrei proprio saperlo anch'io cosa ti sta succedendo!" – disse il fungo dalla voce femminile – "Tu non dovresti vederci, non dovresti sentirci! Oh Filli, cosa...?" – ma Filli non la stava ascoltando, era ben attento a squadrare con occhi avidi un piccolo lombrico che stava strisciando giusto lì vicino. Non appena l'ignaro verme fu abbastanza vicino, il fungo Filli si piegò fulmineo in avanti tanto da arrivare con la bocca proprio di fianco al lombrico e in un solo rapido istante imprigionò la bestiola tra i denti e iniziò a masticarla con immensa soddisfazione. Marcus osservò la scena inorridito, incapace di alzarsi, di parlare, di emettere suono alcuno. Il fungo dalla voce femminile si accorse dello stato d'animo del signor B. e pensando di consolarlo disse – "Filli adora i vermi... sai, sono stupidi" – continuò quando si accorse che Marcus la guardava in un modo tra l'inorridito e l'incredulo – "Non ci vedono e quindi quando ci passano così vicini riusciamo, beh... a mangiarceli".
"Non socializzare con lui, Milli" – disse Filli mentre terminava il suo pasto.
"Ma..." – disse finalmente Marcus prendendo coraggio – "Ma dove sono? Chi siete voi? Dove sono finito?"
"Sei finito al secondo portale d'ingresso del mondo di Mù, noi siamo i funghi guardiani e tu non dovresti proprio essere qui, umano!" – ribatté severamente Filli.
"Il mondo di Mù? Ma... Mù è una fata? Perché questo è il bosco delle fate, io ovviamente non credevo che si riferisse a vere f..."
"QUESTO NON È IL BOSCO DELLE FATE! – tuonò infuriato Filli – SE LO SENTO ANCORA UNA VOLTA GIURO CHE... CHE..."
"Oh, per tutte le bacche Filli, calmati!" – gli disse Milli in tono dolce, e poi disse – "Questo non è per niente il bosco delle fate! Quelle sciocchine per un periodo hanno deciso di venire a intrufolarsi qui e facevano le civette con gli umani maschi che passavano, dicendogli che il bosco era loro ma non è così, le abbiamo cacciate molto tempo fa!"
Marcus era sempre più incredulo, continuava a sperare di svegliarsi da quell'incubo, di trovarsi nel suo comodo letto soffice e di ripensare a questo strambo sogno con una risata, ma perché non si svegliava? Cominciò a tirarsi pizzicotti ma più nervosamente aspettava di svegliarsi, più ciò non accadeva.
"È inutile che fai così umano. Ormai ci vedi, ormai sei qui e di sicuro non tornerai indietro con un pizzicotto" – disse Milli guardando Marcus e i suoi tentativi con accondiscendenza.

"Ok... ok" – disse Marcus che ora si era seduto – "Qu-questo posto è il... mondo di Mù. Hai detto?"
"Affermativo" – rispose allegramente Milli.
"E... e se non ci sono le fate qui allora di chi è quel cappello?"
A questa domanda Milli e Filli si guardarono evidentemente in imbarazzo. "Beh" – rispose Filli – "Questo non dovrebbe essere qui e nemmeno tu dovresti essere qui!"
"Filli ormai lui è qui! E ci vede e ha trovato il cappello... facciamolo andare di là così la veggente vedrà cosa fare di lui".
"D-di la dove?" – chiese Marcus terrorizzato.
Filli non rispose subito, era evidente che fosse combattuto sul da farsi, continuava a borbottare tra sé e sé frasi come "Non se ne parla" e "Mai visto nulla del genere", e poi si rivolse a Milli – "Non lo manderemo di là, non se ne parla! Dobbiamo riprenderci il cappello prima che, e non oso nemmeno pensarci, l'umano ci guardi dentro!"
"Ma perché non dovrei guardarci dentro? Qualcuno può spiegarmi che succede?"
"Gli umani non possono vederci!" – disse Milli – "Quando si avvicinano da queste parti, improvvisamente cominciano a sentire freddo, ad avere i brividi, si sentono stanchi e pensano di avere l'influenza quindi se ne vanno e non tornano più. Ma tu ci riesci perché hai trovato quello stupido cappello".
"Ma di chi è il cappello?" – disse ora impaziente Marcus.
"Di un folletto sconsiderato!" – dissero in coro Milli e Filli – "Ah, ma quando capiranno chi è stato passerà dei bei guai" – continuò Filli.
Marcus era furioso, quello doveva essere certamente un assurdo scherzo di qualche avversario politico che voleva screditarlo agli occhi degli elettori. Era così ovvio, qualcuno gli aveva fatto uno scherzo e probabilmente dentro a quel cappellino c'era nascosto un biglietto che spiegava lo scherzo o qualcosa del genere, così prese il piccolo oggettino rosso e ne osservò l'interno: era talmente piccolo che distinguere qualcosa era difficile ma verso la punta sembrava di intravedere qualcosa, una sorta di luce. Marcus si avvicinò il cappellino agli occhi per vedere meglio e non ebbe nemmeno il tempo di sentire i due funghi disperati urlare "Noooo!" all'unisono, che improvvisamente si sentì risucchiare in un vortice all'interno del cappello che con un enorme getto di luce lo stava come inglobando al suo interno. Marcus urlò con tutta l'aria che aveva in corpo mentre si sentiva trasportare da una forza invisibile.
Dopo qualche istante di questa follia finalmente toccò terra, ma dei funghi parlanti non vi era più traccia, come della grossa pietra e degli alberi che prima popolavano quel punto del bosco delle fate. Il mondo che ora circondava Marcus B. era un mondo alquanto insolito, piuttosto tetro. Una pioggia fitta cadeva rendendo il terreno molto fangoso e il cielo di un grigio poco rassicurante. Marcus si guardò intorno sperando ardentemente di riconoscere un dettaglio, di scorgere un qualcosa che gli permettesse di capire dove accidenti si trovava, ma quel luogo aveva qualcosa di veramente molto strano.

"Ok, ora calmati e cerca di capire che posto possa essere... magari avranno un telefono!" – disse ad alta voce Marcus per darsi coraggio e iniziò a osservare. Era certo di trovarsi in cima a una collina e tutto intorno ad essa si ergevano montagne e vallate. La vegetazione era piuttosto rigogliosa ma Marcus non riusciva ad allontanare da sé la sensazione che anche gli alberi e i cespugli avessero qualcosa di diverso. Avevano forme più curve e tondeggianti di alberi normali, i frutti appesi ai rami erano frutti mai visti prima: degli strani frutti dal colore rosso fuoco che in realtà stonava molto con la realtà grigio-verde del resto della valle. La cosa più bizzarra di quegli alberi però, era la loro dimensione: erano infatti poco più alti di Marcus e a pensarci bene la cosa era decisamente singolare visto che fino a qualche minuto prima si trovava circondato da alberi altissimi. Marcus si avvicinò a uno di questi alberi per vederlo meglio e camminando si accorse con orrore di un piccolo dettaglio che fino ad ora aveva trascurato: i suoi piedi erano palmati. Non potendo credere ai suoi occhi si sedette per terra e iniziò ad osservarli, due grossi e grigiastri piedi palmati che non erano che l'inizio di un corpo grottesco e poco aggraziato. Le gambe di Marcus erano diventate sottilissime ed estremamente corte, troppo corte. Il signor B. fissò quelle gambine e si rese conto di qualcosa di terribile: si era rimpicciolito e tutto il mondo che lo circondava era un mondo in miniatura. Con spaventata rassegnazione Marcus si rese conto che quello doveva essere il mondo di Mù, quel mondo parallelo di cui gli avevano parlato quei due funghi e da cui gli umani erano banditi, ed effettivamente il signor Marcus B. di umano non aveva più nulla. Si avvicinò a una grossa pozzanghera lì vicino, deciso a capire fino in fondo cosa gli fosse successo, prese un bel respiro e alla fine aprì gli occhi. Era diventato una cosina minuscola, alta sì e no trenta centimetri, con una testa tonda piuttosto grossa rispetto al corpo, tondi occhi enormi e un nasino piccolo a punta. Il corpo era piccolo e sottile come le gambe che terminavano con quei grossi piedi palmati grigiastri, come grigiastro era il colore di tutto il suo corpo e della sua faccia. Marcus si guardò inorridito, ma che razza di creatura era quella? Eppure era lui... aveva ancora i pantaloncini corti grigi e la maglietta blu che si erano adattatati al suo nuovo corpo e anche i suoi occhiali erano ancora lì. Ma come aveva potuto trasformarsi in pochi secondi da uomo, da futuro sindaco, a quella cosa? I funghi avevano parlato di folletti, possibile che fosse davvero diventato un folletto? Possibile che i folletti tanto decantati nelle fiabe avessero quell'aspetto così goffo e grigiastro? Marcus si stava ancora ponendo queste domande quando udì alle sue spalle un forte rumore che lo costrinse a girarsi e ciò che vide fu uno degli spettacoli più bizzarri che avesse mai visto: due creature uguali a lui, ma vestite in modi decisamente più assurdi ed entrambi con indosso un cappello rosso a punta; stavano avanzando a fatica, trascinando con sé quello che nel mondo normale era sicuramente grosso topo, legato per il collo da due funi che i due folletti tiravano faticosamente a sé, trascinando l'animale impaurito. Marcus guardò quelle due creature con pietrificato stupore: erano esattamente come lui, solo un po' più grossi, molto muscolosi e indossavano dei vestiti assurdi. Sembrava che avessero preso delle enormi tende e avessero tentato di cucirsele addosso. Quello più vicino

a Marcus indossava una specie di salopette a maniche corte di un tessuto azzurrino che ricordava il cotone delle camicie da uomo, mentre l'altra creatura indossava sempre quella specie di salopette ma stavolta fatta con quella che sembrava lana giallo senape.
"Hey amico ti... è... caduto... il cappello!" – urlò faticosamente la creatura in giallo senape, impegnata in un enorme sforzo per tirare il topo che evidentemente aveva appena catturato. Marcus inorridì per un istante al pensiero di cosa potesse accadere a quel topo dall'aria terrorizzata. I folletti mangiavano forse i topi? O l'avevano catturato per altri motivi? Non appena Marcus si scosse da questi pensieri si accorse che effettivamente di fianco a lui c'era proprio un cappello, il cappello rosso a punta che l'aveva inglobato in quel mondo terrificante. Evidentemente quel cappello era il copricapo dei folletti. Pensando che tanto peggio di così non potesse andare, se lo mise in testa e iniziò a camminare nella direzione in cui si era diretto il terzetto appena incontrato. Percorse un sentiero fangoso, davanti a sé vedeva le due creature col topo e si accorse che i tre si dirigevano verso un villaggetto abbastanza lontano, al fondo di una vallata, che sembrava fatto di case tutte bianche. Marcus si chiese se quello fosse il mondo di Mù, se quelli fossero davvero folletti e soprattutto come avrebbe potuto ora tornare a casa sua. Camminava sotto la pioggia e silenziose lacrime gli rigavano il viso. Fino alla sera prima era nella sua bella casa a mangiare la sua insalata belga e ora era diventato un mostriciattolo grigio con un cappello a punta e quelle brutte orecchie a sventola che spuntavano ai lati di esso. Doveva trovare un modo per tornare a casa, avrebbe cercato il sindaco di quelle assurde creature e gli avrebbe spiegato la situazione, insomma tra politici si sarebbero capiti. Continuò a camminare e man mano che la distanza dal villaggio diminuiva, i suoi contorni si delineavano sempre di più. Era un villaggio molto strano, le case erano di quello strano bianco un po' sporco, tutte minuscole ovviamente. Seguendo le due creature col topo, Marcus alla fine si addentrò in quello strano posto e si accorse di un dettaglio che da lontano non aveva potuto scorgere: quelle casette erano così strane perché non erano fatte di legno, ma di un materiale molto diverso ma fin troppo riconoscibile: a tenere su quelle casupole erano bianche inequivocabili ossa. Marcus camminò con orrore nella via principale di quello che sembrava un villaggio deserto e con orrore continuò a guardare quelle case sperando di sbagliarsi, ma no non si sbagliava; quella forma, quel colore, quelle case non potevano proprio essere fatte che di ossa. Marcus si chiese se il povero topo davanti a lui stesse per diventare parte di un nuovo condominio o chissà. Era ancora intento a contemplare con disgusto quelle case mortifere, quando iniziò a sentire un brusio, un forte vociare che proveniva sicuramente da un qualche luogo alla sua destra e dando un'occhiata più avanti, si accorse che il macabro trio si stava dirigendo proprio da quella parte. Si nascose dietro a una casa per non essere visto e li osservò girare l'angolo, poi camminando piano piano li seguì e si rese conto che tutti gli abitanti di quel villaggio, che fino a quel momento era apparso spettralmente vuoto, dovevano essersi riversati tutti lì, in quello che sembrava un

piccolo stadio, con spalti e tribune, dall'interno di cui proveniva quel vociare. Cercando di non farsi notare, Marcus salì sugli spalti che, notò egli con enorme sollievo, erano costruiti in comunissimo legno, che sembrava però molto vecchio. Prese posto in una sediolina isolata a cercò di capire che succedeva al centro dello stadio. Sembrava esserci una specie di riunione dai toni serissimi. Al centro di quella specie di stadio non vi era ovviamente un campo da calcio, come per un folle attimo aveva sperato Marcus. C'era invece quello che sembrava a tutti gli effetti un tribunale: sul bel pavimento in legno, c'erano una scrivania, dietro cui era seduto quello che evidentemente era il giudice; dietro di lui delle sedioline con quelli che potevano essere i giurati e al centro del tribunale, una sediolina con una creatura che pur essendo già piccola, stava evidentemente cercando di farsi ancora più piccola.
"Ti sei perso l'inizio?" – chiese improvvisamente a Marcus una creatura vicino a lui. Era una creatura bizzarra, sicuramente anziana, con un paio di grossi occhiali tondi spessissimi e il viso tutto raggrinzito, con dei ciuffetti di capelli bianchi corti che gli uscivano dal classico cappello a punta, che aveva l'aria un po' consunta.
"Ehm." – Marcus non sapeva cosa rispondere, non voleva certo rivelare troppo presto la sua vera identità a delle creature che costruivano le case con le ossa.
"Sei vestito strano, ragazzo! Ma da dove vieni?" – disse ora il vecchietto squadrandolo.
"Da che pulpito..." – pensò Marcus. Il vecchio era infatti vestito con la solita salopette che però stavolta sembrava fatta con un vecchissimo sacchetto dalla spesa, tagliuzzato e ricucito molto tempo prima. Avrebbe voluto dirgli di pensare al suo di abbigliamento, ma non sapeva cosa rispondere e si limitò a balbettare sillabe sconnesse.
"Aaaah!" – disse improvvisamente il vecchio facendo temere a Marcus di essere stato scoperto.
"Vieni da Crù immagino!" – disse invece.
"Ehm... si esatto" – annuì Marcus.
"Oh, bene bene, è sempre un piacere ospitare folletti che vengono da posti così esotici" – disse il vecchio tutto ringalluzzito – "Avevo sentito dire che a Crù vi vestite in modo strano".
Marcus annuì tentando un sorriso. E così quelli erano davvero folletti, era davvero entrato in quel mondo parallelo.
"Beh, ad ogni modo" – riprese il vecchio interrompendo i pensieri di Marcus – "Quella laggiù si chiama Perla, ah... sciocca ragazza" – sospirò il vecchio.
"Ma... dove siamo esattamente?" – chiese Marcus.
"Come sarebbe dove siamo, giovanotto? Vuoi dirmi che a Crù non avete il Persempreperfetto?"
"Il..."
"Beh sì, forse lo chiamate in un altro modo. È il tribunale comunque. Quello seduto al primo tavolo è il Gran Capo Mù, a cui spetta la sentenza finale, mentre

quelli dietro sono i membri del consiglio di permanenza persempreperfetta, che aiutano il Gran Capo a decidere e…" – aggiunse sospirando – "Quella lì è Perla".
"Che cos'ha fatto?"
"Perla è una cara ragazza sai... solo che... ha il brutto vizio di avventurarsi dove non dovrebbe, ecco. Per farla breve" – disse il vecchio folletto dopo una breve pausa – "Perla ogni tanto se ne va in giro nel mondo degli umani e... l'altro giorno ne ha combinata una grossa..."
Ma il vecchio non finì la frase, il Gran Capo aveva infatti appena dato la parola a Perla, la quale tremava vistosamente e sembrava incapace di parlare.
"Non hai nulla da dire?" – le disse in tono severo il Gran Capo – "Sei accusata non solo di aver infranto il quinto emendamento delle leggi magiche di Mù, andandotene a zonzo per il mondo degli umani; ma anche di aver lasciato in giro il tuo cappello, provocando non si sa ancora quali danni!"
La folletta, che effettivamente non aveva il cappello, continuava a tremare e a piangere.
"M-mi dispiace Gran Capo. Io... io v-volevo solo fare una passeggiata" – piagnucolò Perla.
"UNA PASSEGGIATA?! Mia cara ragazza ma insomma! È la terza volta quest'anno che vieni scoperta a intrufolarti tra gli umani e adesso addirittura lasci in giro i nostri oggetti? Hai una vaga idea di cosa succederebbe se un umano trovasse il tuo cappello? I Driu sono andati a cercare il cappello e ancora non sono tornati".
"Dipartimento Riparazione Incidenti con gli Umani" – sussurrò il vecchio folletto a Marcus, intercettando il suo sguardo assente nel sentire la parola "Driu".
"Grazie" – sussurrò Marcus in tutta risposta. Tornò a rivolgere lo sguardo a quanto accadeva più giù ed era chiaro che Perla non se la stesse passando affatto bene.
"Non hai altro da dire a tua discolpa?!" – la incalzò il giudice.
"Mi dispiace" – pianse lei – "ero lì che passeggiavo e... e poi è arrivata una p-pinta e io ho avuto paura e sono scappata".
Marcus indugiò un attimo su cosa potesse essere una pinta ma un istante dopo il Gran Capo riprese a parlare.
"Una pinta eh? Beh, questi sono i rischi se te ne vai in giro nel mondo degli umani dove tutto è più grosso di te, sciocca ragazza!" – urlò quel giudice, ora del tutto infuriato – "E se un umano avesse trovato il tuo cappello? E se venisse qui? Lo sai bene che i nostri cappelli funzionano da portali sciocca che non sei altro e tu lo vai a lasciare nel bosco!"
"Gran Capo" – esordì all'improvviso un folletto dall'aria vecchia e stanca seduto tra quelli che fungevano da giurati – "Gran Capo, la ragazza è stata sicuramente sprovveduta ma l'eventualità che un umano guardi dentro il cappellino... insomma, sono talmente grossi quegli umani che difficilmente li vedono... e inoltre se Perla ha detto il vero non dovrebbe essersi avventurata troppo distante dal secondo e terzo portale e come sapete gli umani di solito nemmeno riescono ad arrivarci. Dunque, Bilius, propongo il proscioglimento della ragazza".

Il Gran Capo, Bilius, osservò Perla e sbuffando borbottò che sperava ardentemente che le cose fossero andate così, ma gli altri giurati evidentemente non erano dello stesso parere. Tre folletti in particolare, sembravano piuttosto alterati mentre confabulavano tra loro e uno di essi alzatosi urlò – "Impiccagione!". A quell'urlo altri tre giurati si alzarono e si unirono al coro del primo folletto, "impiccagione! Impiccagione! Impiccagione!". Perla iniziò a tremare sempre di più e ormai fissava il giudice con aria disperata. Marcus voleva intervenire, doveva intervenire, era stato lui a trovare quel cappello e il folletto sconsiderato di cui parlavano Milli e Filli era proprio Perla! Non poteva permettere che la impiccassero. Stava per alzarsi e affrontare il suo destino di probabile impiccagione quando il giudice urlò ai giurati di tacere.
"Apprezzo la vostra enfasi signori ma andiamo, l'impiccagione... insomma! No andiamo, in fondo Burius ha ragione, le probabilità che un umano abbia preso quel cappello sono minime e se proprio dovesse farsi vivo impiccheremo lui. Questa è la mia decisione e non si discute" – disse mettendo a tacere uno dei tre folletti iracondi che stava urlando sventolando un cappio – "Il Persempreperfetto è dismesso!"
Le parole decise del Gran Capo misero fine alle discussioni e tutti iniziarono a uscire dal tribunale, ora immerso in un gran chiacchiericcio. Marcus seguì gli altri folletti e iniziò a passeggiare senza meta per quello strano villaggio di ossa. Le parole del Gran Capo, "se dovesse farsi vivo impiccheremo lui", continuavano a risuonargli incessantemente nelle orecchie e più esse risuonavano, vive e nitide, più Marcus si rendeva conto di essere finito in una situazione senza via d'uscita: era evidente che non era solo un sogno e che Marcus non si sarebbe svegliato nel suo bel letto, altrettanto evidente era che prima o poi gli altri folletti avrebbero scoperto la sua identità e lo avrebbero impiccato e questo peggiorava di molto le prospettive di Marcus. Perlomeno – pensò – nessuno è stata giustiziato per colpa mia.
Il pensiero di Perla che sorrideva incredula alle parole di assoluzione del Gran Capo lo rincuorarono per un istante ma l'amara consapevolezza di ciò che stava accadendo, si impadronì nuovamente di Marcus in breve tempo. Cercava di pensare, di riflettere, ma sembrava che una soluzione effettivamente non esistesse, se solo avesse potuto capire come tornare indietro… ma se i cappelli funzionavano da portali avrebbe dovuto rubarne uno, e inoltre come avrebbe dovuto fare? Sarebbe bastato tornare nel punto in cui era sbucato un paio d'ore prima? Questi pensieri frullavano all'impazzata nella testa di Marcus quando una vocina molto acuta li interruppe bruscamente.
"Allora sei tu quello che viene da Crù! Beh si sei vestito molto strano, eh... ?"
Marcus alzò leggermente lo sguardo, davanti a lui c'era Perla, che dismesso lo sguardo atterrito aveva ora un'espressione piuttosto stralunata, quasi come se non sapesse bene dove si trovava.
"Ehm... sì" – rispose Marcus tenendo gli occhi bassi. Fino ad ora nessuno aveva scoperto la sua vera identità, ma Marcus aveva la strana paura che una volta alzato

lo sguardo e parlato con lui i folletti potessero in qualche modo capire che mentiva, eppure Perla era già il secondo folletto che gli si rivolgeva in quel modo.
"Oh, ma che bello" – disse Perla con quella strana aria sognante – "Io mi chiamo Perla e lui Mirtillo".
Marcus per un attimo non capì chi fosse il lui della situazione, fin quando non alzò un po' lo sguardo e notò che Perla teneva stretto in mano un piccolo guinzaglio a cui, come Marcus notò con orrore, era legato un ragno di medie dimensioni, con al collo una specie di collana con appeso un mirtillo. Ad aggiungere bizzarria alla già assurda scena vi era poi l'abbigliamento di Perla, che indossava ciò che doveva essere stato un pacchetto di patatine degli umani, tagliuzzato e incollato per formare la classica salopette da folletto, che però per le femmine terminava con una gonna invece che con i pantaloncini. Inoltre solo guardandola era palese che Perla fosse un amante delle gitarelle tra gli umani in quanto con due tappi di bottiglia si era creata due spillette che le raccoglievano i capelli in due cespugliosi codini neri, proprio come i suoi occhi decisamente troppo grossi per il suo piccolo viso, ma del resto quella era una caratteristica dei folletti e Marcus era certo che anche i suoi fossero così smisuratamente grossi. Dopo aver perso qualche istante a studiare quella creaturina che stava lì davanti a lui col suo ragno da compagnia, Marcus si scosse un attimo e tentò di rispondere sembrando il più naturale possibile.
"Io mi chiamo Marcus... che carino il tuo... ragno" – terminò la frase deglutendo il suo disgusto per il peloso animale.
"Oh, grazie... molti pensano che sia brutto sai?"
"Ma davvero?" – disse Marcus con un tono di finta indignazione.
"Oh sì, ma a Mirtillo non importa, lui si piace così".
Marcus tacque cercando di soprassedere sull'assurdità di quella frase per poi pentirsene un istante dopo, quando Perla esordì con la domanda che più di tutte Marcus temeva di sentirsi porre.
"Come mai sei venuto qui da Crù? Sei venuto a trovare qualcuno?"
Marcus tossì cercando di prendere tempo e di inventarsi una storia convincente e poi senza nemmeno ragionarci su disse – "I-il Gran Capo di Crù mi ha mandato qui per... osservare il vostro tribunale. S-sono uno studente e... beh, mi piacerebbe diventare un Gran Capo un giorno".
Marcus era già pronto a sentirsi dare del bugiardo, a vedere smontata la sua bella storiella, ma sorprendentemente Perla non sembrò affatto contrariata, aveva la solita espressione sognante e gli disse solo che trovava il Persempreperfetto un posto molto pulito e che faceva bene a frequentarlo.
"Ma... volevano impiccarti! Dovresti essere piuttosto arrabbiata con loro".
"Oh, ma non è colpa loro! È colpa mia che ho perso il mio cappello" – disse Perla rattristandosi – "Fra qualche giorno me ne daranno un altro ma... non avrei dovuto abbandonarlo lì è che quella pinta era davvero enorme e ho avuto paura".
"Perla scusami, ma che cos'è una pinta?" – chiese Marcus visibilmente incuriosito.

"Oh, da voi non ci sono immagino... eh sì il clima è troppo caldo forse, comunque è un... un animale orribile" – disse Perla quasi tremando – "È grosso, brutto con una coda tutta raggrinzita e ha delle zampe orribili!"
"Oh, ma allora forse è una lucertola" - aggiunse Marcus senza riflettere.
"Sì.". – disse Perla questa volta con uno sguardo stranamente incuriosito – "Gli umani la chiamano così".
Perla lo studiò per un attimo con interesse: era evidente che per un folletto non fosse così normale conoscere certi termini da umani e persino per la stralunata Perla quell'affermazione doveva essere davvero degna di curiosità. Marcus si sentì improvvisamente osservato e decise di cambiare bruscamente argomento.
"Dove abiti Perla?" – si affrettò a dire.
"Laggiù" – indicò Perla con la mano – "In quella casetta all'angolo. E tu?"
Marcus non ci aveva pensato, era stato così trascinato dagli eventi che non si era reso conto di non avere una casa nel mondo di Mù. Perla sembrò capire il suo disagio e, con grande sorpresa di Marcus, gli chiese se voleva dormire a casa sua. Marcus accettò con piacere, per la prima volta in quella giornata sentiva di aver risolto un problema e anche se la sua nuova condizione magica lo rendeva nervoso, almeno avrebbe avuto un letto in cui dormire.
"Perla" – chiese preso dalla curiosità mentre camminavano – "Perché le vostre case sono... beh, così? Fatte di ossa?"
"Perché ai morti non servono più" – rispose tranquillamente lei mentre si trascinava dietro il ragno Mirtillo.
"Sì ma... è un po' strano no?" – chiese Marcus.
"Ah, dici? Voi a Crù come le costruite le case?"
"In legno" – rispose tranquillamente Marcus.
"Cosa?" – disse Perla, ora visibilmente stranita – "Voi... voi uccidete gli alberi per voi stessi? Ma... a è orribile!"
"Oh, scusa" – disse Marcus imbarazzato – "Ma il tribunale è in legno".
"Il Persempreperfetto è stato costruito tanti tanti anni fa, quando ancora noi folletti eravamo così cattivi da uccidere gli alberi. Poi per fortuna ci siamo accorti che potevamo usare le ossa e da allora nessuna casa è più stata costruita con gli alberi, tranne quella della veggente, ma lei è così importante e così veggente che le abbiamo sacrificato due alberelli, solo due però".
"Chi è la veggente?" – chiese Marcus incuriosito.
"È la nostra veggente" – rispose Perla.
"Sì, questo l'ho capito ma..." – Marcus si interruppe, erano giunti davanti a una casa davvero minuscola, fatta delle solite ossa bianco sporco, che fecero venire a Marcus voglia di vomitare. Perla si accorse della sua espressione disgustata evidentemente e a modo suo tentò di rimediare, senza sapere che in quel modo avrebbe disgustato il povero signor B. ancora di più.
"Guarda, questa è mia sorella Canfora" – disse con un gran sorriso indicando una parete.

Marcus era scioccato ma tentò in tutti i modi di mascherarlo, finché non gli venne un atroce dubbio.
"Perla, i tuoi genitori dove... sono?"
"Morti" – disse lei allegramente.
"Ma non sono qui" – continuò vedendo l'espressione atterrita di Marcus – "Sono in quell'altra casa laggiù, sai lì ci abita Burius, quel consigliere che mi aiuta sempre ai processi".
Mentre finiva la frase, Perla aprì la porta della sua casa e fece segno a Marcus di entrarvi. La casa era piccola e piena di oggetti evidentemente arraffati nelle gite tra il mondo degli umani di Perla. Il suo letto ad esempio, era una mascherina per gli occhi tutta rosa, probabilmente caduta dallo zaino di una signora e raccolta prontamente da Perla. Una pila di cotton fioc era ammassata in un angolo ed era stata adibita a tavolo sui cui Perla aveva appoggiato dei minuscoli libricini, di cui Marcus riuscì a sbirciare un paio di titoli, come "Perché gli umani credono a ciò che dicono le fate" o "Cosa fare se si viene visti da un umano: 10 mosse per evitare il peggio". Marcus si chiese dove Perla avesse trovato quei libri e cosa avrebbe detto il Gran Capo se fosse mai entrato in quella casa, che senza ombra di dubbio trasudava un incredibile interessi per gli umani. Uno degli oggetti che Marcus trovò più interessanti, fu un piccolo cubo di Rubik di gomma che Perla usava come tavolo. Il signor B. sorrise nell'osservare quella casa strampalata tanto quanto colei che la abitava e decise di chiedere a Perla informazioni in più su quel suo interesse, e così scoprì che Perla era rimasta orfana da piccola e da allora aveva iniziato a vagabondare finendo poi per caso una volta nel mondo degli umani e da quel momento ne era rimasta affascinata. Il discorso prese una piega inquietante quando Perla disse che il suo sogno nel cassetto era quello di trovare un ossicino umano da mettere sulla porta di casa e così Marcus decise di concentrarsi sul fazzolettino di carta che Perla aveva adoperato come tenda, fin quando la sua attenzione non venne catturata da qualcos'altro. Perla infatti si era avvicinata al suo minuscolo forno e ne stava tirando fuori due splendide crostate alla frutta che Marcus pensò inizialmente essere per lui salvo poi rendersi conto che lui e Perla si erano appena conosciuti e quelle crostate erano state senz'altro preparate prima. Incuriosito allora, chiese a Perla per chi fossero quelle due torte e lei gli rispose, come se stesse rispondendo al quesito più ovvio del mondo, che erano chiaramente per la veggente e disse a Marcus che era quasi ora di cena e dovevano recarsi a casa sua per rifornirla di cibo. Marcus si chiese se Perla fosse la cuoca ufficiale di questa veggente ma la sua ipotesi venne presto smentita: tutta la città infatti, se dapprima si era riversata al tribunale, ora si stava recando nella direzione opposta e ogni singolo folletto portava in mano del cibo. Vedere questi esserini con i cappelli a muoversi tutti insieme con tutto quel cibo splendido sembrò a Marcus un contrasto fin troppo netto con la città di ossa fantasma che gli si era presentata poco prima; ora l'atmosfera sembrava a dir poco gioiosa e tra chi portava in dono pane, chi torte, chi frutta, la folla si era ormai riversata davanti a una grande casa che come aveva anticipato Perla, era stranamente in legno. Marcus era rapito da

questa scena ma notò quasi subito un qualcosa di decisamente più inquietante: di fianco alla casa della veggente c'era il grosso topo che Marcus aveva visto subito dopo essere stato catapultato a Mù, il povero topo purtroppo era stato ucciso e messo sullo spiedo e ora si stava chiaramente arrostendo su un grosso fuoco allestito proprio lì di fianco, dove i due folletti di prima ne stavano tagliando piccoli pezzetti di carne. Marcus ebbe un conato di vomito alla vista di quell'animaletto ma si sforzò di restare impassibile e di seguire gli altri folletti che diligentemente si stavano sistemando di fronte alla casa in fila indiana, ognuno con in mano il suo cibo. Poco dopo la porta della casa si aprì e i folletti iniziarono uno ad uno a entrare, evidentemente il cibo che portavano con loro erano doni per la veggente perché non uscirono dalla casa con le loro pietanze, ma ognuno con un minuscolo pezzo di carne in mano. Fu finalmente la volta di Marcus e Perla e i due entrarono nella grande casa, dove la veggente li attendeva beatamente seduta su una specie di divano rotondo.

La veggente era una folletta di enormi dimensioni, enormemente grassa e con un sacco di capelli rossi. Era intenta a mangiarsi un grosso pasticcino alla crema e fu con la bocca ancora piena che diede un breve benvenuto a Perla e Marcus. Perla aveva la solita aria stralunata ma sembrava leggermente più seria, come se si trovasse nel bel mezzo di un momento estremamente solenne e dopo aver posato su un tavolino le torte, rivolse alla veggente un profondo inchino. Lei la guardò appena dal momento che si era appena scagliata contro un altro pasticcino ma rivolse un'occhiata ben più incuriosita a Marcus.

"E tu chi saresti?" – disse poi guardandolo fisso negli occhi.

"Marcus, signora... vengo da Crù per... per una visita – disse Marcus ostentando sicurezza, fino a quel momento era filato tutto liscio ma se questa folletta era davvero una veggente allora forse avrebbe intuito che Marcus mentiva.

"Oh, delizioso" – disse con un sorriso che rivelò una bocca ancora sporca di crema – "E che hai portato per me?"

"Ahi! Una crostata, signora" – disse mentre Perla gli rifilava bruscamente in mano una delle torte.

Sentendosi poi osservato, Marcus pensò di doverla consegnare alla grassa veggente ed evidentemente era la cosa giusta da fare poiché lei ne fu molto contenta e prese ad annusare la crostata.

"Aaaah... mirtilli" – disse con aria deliziata – "Di un po' tu! Non ci avrai mica messo il mirtillo che attacchi al tuo ragno spero!" – disse poi in tono severo a Perla.

"No signora, Mirtillo è rimasto a casa" – rispose in tono solenne Perla.

La veggente strinse un po' gli occhi e si fece più penetrante nel guardare Perla, a cui poi disse – "Ho sentito delle tue scorribande dell'altro giorno Perla e devo dirti che ho visto mia cara, ho visto cosa ne sarà di te se lo farai ancora!"

"C-che cosa?" – chiese Perla completamente terrorizzata.

"Morirai mangiata da una pinta se proprio vuoi saperlo".

Perla deglutì e con occhi pieni di lacrime annuì in silenzio. La veggente a quel punto distolse lo sguardo da lei e iniziò a posarlo sulla crostata ai mirtilli, che iniziò ad addentare poco dopo. Marcus trovava semplicemente ridicola quella specie di profezia e nonostante non sapesse ancora molto della veggente, era certo di una cosa: non gli era simpatica, e questo sentimento non fece altro che accrescersi quando la veggente con la bocca piena di torta urlò a quello che doveva essere il suo servitore di dare la carne "a quei due". Il servitore annuì e diede a Marcus e Perla due minuscoli pezzi di carne di topo e i due tornarono verso la casa di Perla. Una volta rincasati, Marcus tentò in tutti i modi di consolare Perla che piangeva disperata al pensiero della terribile profezia della veggente.
"Perla ma non crederai a una cosa de genere? Insomma a me sembrava più occupata a mangiare che a fare vere profezie... ti prego, smetti di piangere".
Ma Perla era inconsolabile e continuò a ripetere che non sarebbe mai più potuta tornare nel mondo degli umani e prendere cose, perché altrimenti sarebbe stata mangiata. Marcus però non voleva arrendersi.
"Ma perché ti fidi così tanto di lei?"
"Perché lei è la veggente" – rispose Perla singhiozzando.
"Si, questo lo so ma che autorità ha su di voi? Insomma chi è?"
"Lei non è solo la veggente, è anche la nostra aspora e t-tutti si fidano di lei e le portano cibo e lei è così buona da ricambiarci lasciandoci mangiare" – disse Perla soffiandosi il naso e continuando a piangere.
Marcus si soffermò per un istante su quel misero pezzo di carne di topo che secondo Perla erano fortunati a poter mangiare. Avrebbe voluto inveire contro quella donna che probabilmente era solo un'imbrogliona ingorda ma si limitò a chiedere cosa fosse un'aspora, per sentirsi rispondere che era una specie di guida spirituale a cui tutti i folletti si affidavano. Marcus era certo di non potersi fidare di quella fantomatica veggente, lui ne aveva conosciuta fin troppa di gente così in politica, ne aveva di intuito verso le persone lui; ma convincere Perla e gli altri sarebbe stata un'impresa alquanto ardua vista la loro fede cieca in quell'ingorda. Eppure Marcus sapeva di dover almeno tentare, non aveva idea di quanto tempo avrebbe ancora passato nel mondo di Mù, non aveva idea se prima o poi sarebbe tornato umano ma che fosse da folletto o no il resto della sua vita, sapeva di dover intervenire, di proteggere Perla che in questo momento sentiva come la sua unica amica al mondo, in ogni mondo. Decise quindi di affrontare la vita per ciò che essa gli aveva offerto, integrandosi in quella strana comunità di cappellini rossi e smascherando la ciarlatana. Dopo essersi addormentato in un letto di fortuna creato da Perla con dei batuffoli di cotone, Marcus si svegliò la mattina dopo con la consapevolezza di dover procedere nel suo intento di integrarsi e decise di recarsi al Persempreperfetto. Disse a Perla di voler osservare il tribunale da vicino e fu così che poté osservare i folletti alle prese con la loro strana specie di diritto, che terminava sempre in qualche proposta di impiccagione, prontamente respinta dai membri più anziani del consiglio. Passando del tempo in quello strano tribunale, Marcus poté rendersi conto di quanto il processo di Perla fosse stata una vera e

propria eccezione presso la comunità di Mù, che si trovava più che altro a gestire furtarelli del poco cibo che la veggente concedeva ai folletti. Marcus si sentiva ogni giorno più amareggiato nel vedere i folletti portare quantità colossali di cibo all'ingorda e ricevere in cambio talvolta un pisello, talvolta un mirtillo e così via.
Quella ciarlatana così grassa e con la bocca sempre sporca di cibo lo innervosiva sempre di più, ma possibile che i folletti non la vedessero per quello che era? Possibile che non trovassero strano che mentre lei divorava torte loro dovessero accontentarsi di briciole? O che mentre loro si cucivano le loro salopette con materiali di fortuna, la veggente ne avesse una in seta, probabilmente presa da qualche foulard? Possibile che questi folletti fossero un popolo così naif, che fossero tutti stralunati come Perla? Queste domande sfrecciarono nella mente di Marcus per diversi giorni, una sera tentò di parlarne con Perla ma lei continuò ad opporre la sua cieca resistenza all'ovvio sostenendo che l'aspora aveva bisogni corporei di cui i folletti potevano privarsi, come il cibo, ma Marcus non voleva arrendersi e iniziò un'accorata arringa su quanto i folletti fossero degni di una vita migliore, esclusi quei due o tre del Persempreperfetto che avrebbero impiccato chiunque. Perla lo ascoltava e lo guardava con un'espressione in viso a metà tra il solito sguardo perso e un'affettuosa ammirazione; non intervenne quasi mai mentre Marcus parlava ma a un certo punto compì un gesto che incuriosì Marcus: durante il discorso improvvisamente si alzò, andò verso un angolo della sua casetta e iniziò a rovistare tra le sue cose, per poi prendere una spilletta rosa a forma di fiore, che nel mondo degli umani doveva essere appartenuta a una bambina. Perla si avvicinò a Marcus e senza dirgli una parola, gli diede la spilla e si sedette. Marcus osservò per qualche istante prima la spilla e poi Perla. Evidentemente era un regalo ma chissà quali strane usanze potevano avere i folletti di cui Marcus non sapeva nulla. Avrebbe forse dovuto indossarla? Gli sembrava un po' eccessivo nonostante ormai il suo vecchio aspetto di uomo fosse ormai un pallido ricordo; eppure avrebbe senz'altro dovuto fare qualcosa e sperando ardentemente di non sbagliare si limitò a ringraziare calorosamente Perla e a riporre la spilla di fianco al suo letto di cotone. Perla assunse un'espressione indecifrabile: c'era sempre nei suoi occhi quella punta di astrazione che la faceva sembrare immersa in chissà quali pensieri, ma ora quella punta si era mischiata a un qualcosa che assomigliava di più a un risentimento, ma non disse nulla e poco dopo si avvolse nella sua mascherina per gli occhi adibita a letto e si addormentò.
Il giorno dopo lo strano gesto di Perla era solo un ricordo e anche lei sembrava tranquilla. Quel giorno aveva però deciso di ornare un po' più del solito il suo strambo aspetto, decorando il suo vestito con delle mini perline che aveva sicuramente preso da un braccialetto perso da un'ignara signora, ignara che le sue perline sarebbero finite a decorare un sacchetto di patatine adibito a vestito e indossato da un folletto.
Chissà cos'avrebbero mai pensato i suoi elettori se lui avesse raccontato loro quell'assurda storia di Mù, veggenti ingorde, folletti e case fatte di ossa. Ogni tanto Marcus se lo chiedeva, si chiedeva se mai sarebbe tornato, se qualcuno lo stesse

cercando, se sua madre fosse preoccupata, ma a ogni sua domanda si rispondeva che in quel preciso momento, tutto ciò che poteva fare era rendere migliore la vita del luogo in cui viveva. Visto che non poteva più aiutare i suoi concittadini umani, che non poteva più occuparsi di asili gratuiti, di assistenza ai disabili e di tasse, che altra scelta aveva se non occuparsi al meglio di Mù? Aiutando i suoi nuovi concittadini coi loro problemi. La risposta era ovvia, e l'unica cosa su cui Marcus riusciva a concentrarsi ormai, era smascherare quella ciarlatana.
Una mattina Marcus si svegliò e decise di iniziare a fare qualcosa di concreto per dare forma ai suoi sospetti. Decise di assentarsi da un processo del Persempreperfetto in cui si giudicava un vecchio folletto reo di aver tagliato una gamba a suo cugino per aggiungere un osso alla porta di casa sua, e decise di recarsi alla casa della veggente, per spiarla. Così cercando di farsi notare il meno possibile si diresse verso la lussuosa dimora dell'ingorda e spiò dalla finestra. Con sua enorme sorpresa, Marcus notò che quella grossa grassa folletta non si stava limitando a ingurgitare cibo, ma ci stava facendo il bagno dentro. Era infatti immersa in una specie di vasca da bagno in legno, che era stata completamente riempita di panna e in cui la veggente stava sguazzando leccandola di tanto in tanto, mentre il suo servitore le lanciava pezzi di frutta che lei cercava di prendere al volo coi denti. Una scena già di per sé raccapricciante, che fece innervosire ancora di più Marcus quando, una volta riuscito a distrarsi dall'orrida visione, si accorse che nel tavolo di fianco alla veggente c'era una quantità di cibo adatta a sfamare tutta Mù per settimane. La tavola era imbandita con ogni sorta di cibo immaginabile: da uccelli di piccola taglia che erano stati arrostiti con delle croccanti patate arrosto, a vassoi colmi di vermi stufati, ad almeno quindici tipi diversi di dolci. Colorati, grassi, zuccherosi dolciumi di ogni genere. Marcus osservò sconvolto quella quantità di cibo, chiedendosi in quanto tempo la veggente l'avrebbe mangiato ed ebbe una prima risposta quando la vide schioccare le sue grasse dite davanti al servo indicandogli un piatto stracolmo di cioccolatini, che iniziò a strafogare con gusto. Marcus non riusciva a credere a quanto potesse essere ingorda la veggente, l'aspora o come diavolo si indentificava. Doveva fare qualcosa e doveva farlo subito, sentiva che non sarebbe riuscito a tollerare ancora per molto l'ostinata ingenuità dei folletti. Così decise di tornare al Persempreperfetto e di fare leva su quei tre folletti iracondi che non vedevano l'ora di impiccare qualcuno e che forse sarebbero stati inclini a credere a Marcus.
Tornò in fretta e furia al tribunale e presi da parte i tre cominciò a raccontare loro cosa aveva visto e quanto lo ritenesse ingiusto, aspettandosi un giusto sdegno da parte loro. Ahimè però, la fede dei folletti nell'autorità della veggente sembrava incrollabile e quei tre che prima sembravano così irascibili, tirarono fuori dieci scuse diverse per cui la veggente doveva cibarsi così tanto. Secondo Miglio, Farro e Amaranto, che Marcus scoprì essere tre fratelli, la veggente doveva mangiare per attrarre a sé gli spiriti con cui comunicava, doveva mangiare per entrare in contatto col futuro che prevedeva, doveva mangiare per assorbire le energie da tutti gli animali, e così via. Dopo aver tentato ancora per un po' di convincerli Marcus alla

fine si arrese e tornò a casa, dove scoprì Perla intenta a cucinare in un pentolone quelli che sembravano piccoli insetti, che poi la folletta spiegò di aver catturato insieme a Mirtillo, che nel frattempo dormiva placido nel suo lettino fatto di foglie, evidentemente soddisfatto per il lavoro quotidiano. Marcus ebbe un piccolo tuffo al cuore alla vista del pentolone ma poi si rese subito conto che fortunatamente non era per loro quel cibo, ma ovviamente per la ciarlatana ingorda. Vedere Perla che cucinava con così tanto impegno un pasto procurato con così tanta fatica da lei per donarlo a qualcuno che non lo meritava, fece innervosire ancora di più Marcus che iniziò a raccontare ciò che aveva visto a Perla. Sapeva che lei non lo avrebbe assecondato ma sentiva di doverci almeno provare. Come previsto infatti Perla ribadì con la sua solita stralunata calma, le stesse spiegazioni date dagli altri folletti e preparò col consueto impegno il pasto per la veggente. Una volta terminato però, compì un altro gesto che lasciò Marcus basito: posò pentola e cucchiaio, si diresse verso il solito mucchio di oggetti e ne estrasse un chiodo che posò sul tavolo proprio davanti a Marcus. Lui dal canto suo si sentiva inebetito, non tanto dalla consapevolezza che Perla doveva essere riuscita a trascinare da sola quello che per lei era un pesante chiodo di ferro, ma più che altro da quello strano gesto che per la seconda volta gli veniva rivolto. Esattamente come la prima volta, Perla si sedette di fronte a Marcus e lo osservò, come in attesa ed esattamente come la prima volta, Marcus non aveva idea di cosa fare con quel chiodo. Senza dubbio questo non era un oggetto indossabile quindi decise di ripetere le sue azioni precedenti e di ringraziare Perla in modo più caloroso che poteva. Lei dal canto suo assunse la stessa espressione confusa e risentita dell'altra volta ma non disse nulla e Marcus sperò di cuore di non averla in qualche modo offesa. Poco dopo i due si recarono, come di consueto, a portare cibo alla veggente e Marcus assistette con ancora più rabbia e inquietudine del solito a quella penosa scena, alla visione dell'ingorda che divorava qualunque cosa le capitasse a tiro e sparava qua e là qualche fantomatica profezia per fare contenti i folletti, che infatti tornavano verso le loro case sempre più contenti.
Passarono i giorni e Marcus, da bravo politico che era stato nella sua vita umana, non diede alcun cenno di arrendersi nella sua battaglia per convincere i folletti a dubitare della veggente, e iniziò a parlare quotidianamente con quanti di loro riusciva a fermare senza ottenere però alcun risultato, se non un certo fastidio di alcuni folletti nei suoi riguardi. Dopo essere stato respinto da un gruppo di anziane follette che gli diedero del lombrico, che per loro era sinonimo di stupido, Marcus si diresse profondamente avvilito verso casa e arrivato davanti alla porta si sorprese molto nel vedere appoggiato per terra un bottone, su cui Perla aveva inciso una piccola M.
Marcus raccolse il dono ed entrò in casa, dove Perla lo aspettava seduta alla consueta sedia senza dire nulla ma fissandolo col solito sguardo a cui Marcus rispose col solito accoratissimo ringraziamento pur non capendo se fosse o meno la cosa giusta da fare. Probabilmente non lo era, visto che, per l'ennesima volta, Perla si rabbuiò e non disse più nulla. Marcus pensò che forse regalare oggetti

rubati era un'usanza di tutti i folletti e che forse avrebbe dovuto ricambiare, ma l'idea di entrare in casa di un altro folletto per rubare dei regali per Perla gli sembrava fuori luogo. Dopotutto era sempre un quasi sindaco lui, non poteva certo entrare in casa altrui a rubare, e l'idea di sgattaiolare nel mondo degli umani conciato in quel modo gli sembrava troppo pericolosa anche solo per valutarla. Stava quasi per scusarsi con Perla e tentare di capire come ricambiare, quando la folletta gli si rivolse con il solito tono assente dicendogli che dovevano recarsi dalla veggente e gli cacciò in mano un vassoio di biscotti profumati al limone. Una volta giunti dalla veggente, si misero come al solito in coda e Marcus guardò l'entusiasmo dei folletti con ormai rassegnata rabbia, non sapendo che di lì a poco sarebbe accaduto qualcosa di inaspettato, che avrebbe ridato vigore a tutti i suoi sospetti. Una volta entrati nella lussuosa dimora infatti, l'ingorda prese a divorare i biscotti con avidità ma prima che Perla e Marcus potessero uscire, pensò evidentemente di dover fare una piccola profezia anche a Marcus, tanto per tener buono anche lui e così mentre i due stavano uscendo, disse con una voce profonda e solenne:
"Tu! Tu non tornerai più a Crù, ho visto mio caro, ho visto e sentito! Tu eri profondamente infelice a Crù ed è per questo che hai deciso di venire qui da noi in visita e, mio caro, a Crù nessuno sente la tua mancanza. Ho visto mio caro Marcus, ho visto e sentito".
Concluse questo suo solenne monologo con un sospiro di finta stanchezza, per cui si sentì poi in dovere di mangiare un altro biscotto. Perla guardò estasiata la veggente e poi Marcus e lo trascinò fuori piena di gioia.
"Hai visto? La veggente ha visto dentro di te! Ti ha dedicato la tua prima profezia" – disse con aria sognante.
Marcus non rispose ma si limitò a un grande grosso sorriso. Finalmente aveva la prova che gli serviva, quella ciarlatana non aveva idea di chi fosse realmente lui e ovviamente non era una vera veggente, gli aveva predetto qualcosa a caso non sapendo che lui non era chi diceva di essere. Finalmente avrebbe smascherato l'impostora, finalmente gli avrebbero creduto! Ma... se Marcus avesse rivelato la falsità della profezia, tutti i folletti avrebbero saputo che aveva mentito, avrebbero scoperto chi era e probabilmente l'avrebbero ucciso o forse peggio, abbandonato a se stesso in un mondo che non gli apparteneva. No, quella profezia non andava raccontata, la verità non andava svelata. In un certo senso l'occasione sembrava essere clamorosamente sprecata ma Marcus almeno ora aveva una consapevolezza in più: i suoi sospetti erano veri e in qualche modo avrebbe convinto anche gli altri. Per tutta la notte rimuginò sul da farsi, come convincere i folletti che quella veggente era solo una bugiarda? Pensò e ripensò finché la soluzione non si presentò: doveva convincere i folletti che la veggente avesse commesso un atto che per loro era gravissimo, decise di dire loro che la veggente aveva tagliato un albero. Certo, era una bugia, ma era l'unica cosa abbastanza grave da smuovere i folletti, forse.

L'indomani decise di recarsi al Persempreperfetto e di portare con sé quanti più folletti riusciva a convincere grazie all'aiuto di Perla, che prima di uscire gli aveva regalato un cerotto a cui era seguito l'imbarazzato ringraziamento di Marcus e la conseguente tristezza della folletta. Radunarono circa una ventina di folletti e Marcus iniziò a parlare e a mentire come meglio poteva, del resto era un politico lui.
Iniziò a raccontare di aver visto la veggente e il suo servo uccidere un povero albero e di aver notato il giorno dopo un nuovo comodino in casa dell'ingorda. I folletti, nella cui natura non vi era la menzogna e non avrebbero mai pensato che Marcus potesse mentire loro, rimasero sconvolti alla notizia e credettero ciecamente a Marcus. Alcuni iniziarono a piangere mentre Miglio fece per correre a prendere il solito cappio, per essere poi velocemente bloccato dal saggio Burius che invocava sempre al buon senso. Il Persempreperfetto era nel caos, tutti i folletti cercavano di dire la loro e la confusione era enorme, ma Marcus si sentiva soddisfatto. Aveva dovuto mentire ma alla fine l'importante era averli convinti che la veggente fosse un'imbrogliona. Ora senza dubbio Burius avrebbe detto la sua, si sarebbe stabilito un processo e quella ciarlatana ingorda sarebbe stata mandata a raccogliere cereali o a catturare mosche. Marcus sentiva la vittoria in tasca, per la prima volta da quando era stato catapultato in quell'assurdo mondo si sentiva felice, da un momento all'altro Burius e Bilius avrebbero parlato e le cose si sarebbero sistemate. Da un momento all'altro. Sicuramente stava per accadere. Eppure non accadde. Bilius si limitò a dire di aver bisogno di pensare e disse ai folletti di continuare la propria vita come se nulla fosse. I folletti ne furono piuttosto delusi ma seguirono le istruzioni del Gran Capo e tornarono alle loro attività.
Scese la sera e tutti si ritrovarono come sempre davanti a casa della veggente per portarle il cibo. L'atmosfera però quel giorno era cambiata. La voce doveva essersi sparsa rapidamente tra i folletti perché invece del consueto chiacchiericcio allegro, ora vi era un'aria carica di tensione e di sospetto. I folletti parlottavano tra loro con aria nervosa e tutti guardavano la casa della veggente talvolta scuotendo la testa e talvolta bisbigliando imprecazioni. La veggente dal canto suo, era talmente concentrata sulle enormi quantità di cibo che stava ricevendo da non notare quel cambiamento di umore nella comunità, un umore che divenne però altalenante quando i primi folletti uscirono dalla casa dell'ingorda e dissero di non aver notato nessun nuovo comodino. Marcus iniziò a ribadire la sua falsa verità, giustificando in mille modi diversi l'assenza del comodino. I folletti però erano confusi, certo per loro era inconcepibile l'idea di mentire, nessuno poteva sospettare che il racconto di Marcus fosse falso ma la loro fede nella veggente era così forte che l'assenza di quel comodino stava portando alcuni di loro a credere che Marcus avesse visto male. La situazione stava alquanto precipitando quando qualcosa risollevò immediatamente la situazione di Marcus: una coppia di anziani folletti infatti uscirono dalla casa della veggente e affermarono di aver notato che la suddetta aveva appena appoggiato quei piedini grassi e palmati su un nuovo oggetto, un

nuovo poggiapiedi che inequivocabilmente era fatto in legno. Marcus non riusciva a crederci. Possibile che il suo falso racconto fosse in realtà vero? Possibile che la veggente avesse davvero tagliato un albero? O forse quel poggiapiedi era semplicemente un vecchio oggetto preso e adibito a un nuovo uso? Marcus non ne aveva idea, ma ad ogni modo tutti gli altri folletti iniziarono a notare la presenza del poggiapiedi e questo infranse ogni loro speranza che Marcus si sbagliasse.
Tornarono tutti nelle proprie case e poco dopo fu consegnata loro una comunicazione scritta in cui si richiedeva la presenza di tutti per una seduta straordinaria del Persempreperfetto. L'indomani Marcus e Perla si avviarono verso il tribunale dove quasi tutta Mù era già riunita in vista della riunione. L'atmosfera solitamente gioiosa della comunità si era tramutata in una quasi rarefatta aria già pregna di sospetto e rancore, i folletti solitamente persi nella loro folle tranquillità si guardavano l'un l'altro con disprezzo, come se ognuno di loro avesse la grande colpa di non aver capito prima. A Marcus ricordò moltissimo una scena vista anni prima a Vindoria, quando l'allora sindaco aveva promesso più sovvenzioni ai dipendenti pubblici e dopo due anni quella bella promessa si era andata a nascondere nel dimenticatoio, senza che nessuno potesse più trovarla. Orde di impiegati, insegnanti e quant'altro si erano riversati in strada a manifestare urlando il loro disprezzo per una classe dirigente indegna. Marcus trovò la scena singolare, ma in fondo non gli dispiacque. Era giusto che prima o poi anche questi strambi dei folletti e le loro case di ossa si uniformassero alla realtà normale e per un dolce istante Marcus si vide sindaco di Mù, con tutta la comunità in festa per lui. Sorrideva ancora davanti a tutta la comunità con una splendida fascia avvolta su di sé e promettendo un futuro migliore, quando l'atmosfera pungente del Persempreperfetto si fermò in un istante carico di tensione e Bilius fece segno a tutti di tacere. Aveva l'aria stanca, molto più di quanto Marcus potesse ricordare nel suo breve soggiorno a Mù e fu con una voce talmente affaticata e lontana che sembrava provenire da un altro mondo, che Bilius comunicò a tutti la morte improvvisa di Burius, il grande e vecchio saggio di Mù. Appresa la notizia, molti folletti scoppiarono in lacrime disperate e per un momento dimenticarono la loro rabbia. Burius era morto nella notte, così, improvvisamente, abbandonandoli in un momento difficile e per alcuni di loro, inclusa Perla che sembrava inconsolabile, non c'erano posto per altri sentimenti. Sfortunatamente però, in altri folletti, la rabbia aveva preso il sopravvento su qualunque altro sentimento. Miglio, Farro e Amaranto avevano perso l'unico folletto in grado di placare i loro perenni istinti omicidi e ora che non c'era più Burius a mettere via i loro cappi, i loro occhi si erano illuminati di un barlume di odio represso che sarebbe esploso di lì a poco. Farro infatti non esitò dopo qualche istante a salire sul tavolo del Gran Capo e iniziò a urlare sotto gli occhi impotenti di Bilius, che non aveva mai avuto il polso necessario per contenere i tre fratelli e ora non riusciva a fare altro che assistere alla deriva violenta che la comunità di Mù stava per prendere.
"Comunità di Mù!" – strillò Farro – "Il nostro Burius è morto per colpa di quell'imbrogliona!"

A questa frase seguì un coro di "sì!" generale a cui solo Marcus dissentì:
"Farro... è giusto essere arrabbiati ma... la veggente non ha ucciso nessuno".
"Ha ucciso l'albero! L'hai detto tu no? Sei stato tu ad averla vista!" – ribatté ferocemente Farro.
"Io... si, beh, ma non ha ucciso Burius!"
"Io invece scommetto di sì" – intervenne Amaranto infervorato – "Quell'imbrogliona ci ha mentito! Ha ucciso un albero e quando ha capito che l'avremmo incastrata ha... ha... ha ucciso anche Burius!"
Il caos si era ormai scatenato, i folletti urlavano, piangevano, alcuni si strappavano i pochi capelli e un sentimento di rabbia feroce stava ormai divampando. Marcus si guardò intorno smarrito, Perla sembrava la più disperata di tutti i folletti, del resto Burius l'aveva salvata, protetta da tutti e ora era morto, forse a causa della tanto adorata veggente.
"No, aspettate!" – intervenne adirato Marcus – "Voi non potete accusare così la veggente di omicidio... non avete prove!"
"E cosa sarebbe l'omicidio?" – ribatté Miglio – "Noi la stiamo accusando di assassinio di terzo grado di creatura magica!" – disse ora aizzando la folla, che rispose con urla ancora più forti e ancora più furibonde.
"Oh, ma andiamo! Di terzo grado poi? Ma cosa...!"
"Ma tu non volevi diventare un Gran Capo? Dovresti saperle certe cose" – ribatté sospettoso Amaranto.
"Io... certo che le so! Intendevo solo dire che non possiamo accusare così la veggente, per quello che ne sappiamo Burius è morto per cause naturali, o sbaglio Bilius? Sei stato tu prima a dirlo!"
Il povero Bilius, troppo debole e troppo provato per sostenere un vero dibattito, si limitò a ribadire che Burius era stato trovato senza vita questa mattina nel suo letto, senza però aggiungere altri dettagli, il che spianò la strada alla violenta presa di posizione dei fratelli assassini che dal canto loro, continuarono a insistere sul fatto che se la veggente aveva potuto uccidere un albero sarebbe stata in grado di uccidere anche Burius, scatenando sempre di più una folla che mai così inferocita si era vista in tutta Mù.
"Ma lei... oh, cavolo, Perla aiutami! Ti prego... non hanno prove che sia stata la veggente!"
Ma Perla non sembrava in grado di reagire, la perdita subita l'aveva abbattuta troppo e non le permetteva di fare altro se non piangere. Marcus si sentiva in grossa difficoltà, era quello che voleva, voleva che tutti si accorgessero che era un'imbrogliona, ma un'assassina... e per di più solo per colpa di ciò che lui si era inventato per screditarla. Doveva fare qualcosa... senza più Burius a placare gli animi, la situazione poteva degenerare da un momento all'altro e l'idea che la veggente venisse impiccata solo per una bugia detta su di lei e su un albero fece rabbrividire Marcus. Doveva intervenire e riportare il buon senso al Persempreperfetto; dopo tutto lui era un politico, un quasi sindaco, era proprio questo il momento di dimostrare che sapeva comandare e che sarebbe stato un

buon capo. E ci provò, il quasi sindaco Marcus B. ci provò sul serio a riportare l'ordine, a far ragionare i folletti ma tutti precipitò, quando Miglio iniziò a sventolare il suo solito cappio e al grido di "Impiccagione!", quasi tutti gli altri folletti lo seguirono e la rivolta popolare iniziò a prendere il sopravvento. La situazione era pessima, ma quello che Marcus non sapeva era che da pessima si stava per trasformare rapidamente in tragica.
Amaranto, con un gesto del tutto inaspettato, tolse il cappio dalla mano di Miglio e improvvisamente lo gettò via per poi gridare, con occhi folli e avidi di sangue:
"Folletti! Se impicchiamo la veggente oltre alla sua morte non otterremo nulla! Quell'ingorda imbrogliona ci ha presi in giro per anni obbligandoci a portarle cibo tutti i giorni! Quindi io dico... MANGIAMOLA NOI!".
A Marcus queste parole sembrarono assurde, stava quasi per iniziare a ridere quando apprese in un istante carico di orrore e disgusto che gli altri folletti non stavano ridendo, erano tutti molto seri, segno che stavano valutando la proposta di Amaranto. Marcus aspettò attonito che qualcuno contraddicesse Amaranto ma ciò non avvenne, i folletti annuivano, parlottavano e nessuno sembrava trovare ripugnante l'idea di quel pazzo. "Ma certo" – pensò tra sé e sé Marcus – "Che dovrei aspettarmi da gente che fa le case con le ossa... oh, ma io non lascerò che succeda una cosa del genere!"
"Amaranto!" – urlò, pronto a sovvertire questa idea assurda – "Non starai facendo sul serio, vero? Non avrai davvero intenzione di mangiare un altro folletto? Ok, è vero, la veggente vi ha presi in giro e voi le avete portato molto cibo ma... oh, ma insomma! Cerca di ragionare! Non potete nemmeno provare che abbia ucciso Burius!"
"Lei ha ucciso un albero!" – ribatté furibondo Amaranto – "Merita di morire e di essere mangiata! Sapete cosa vi dico... la faremo candita! Sì, sì ecco cosa faremo".
"Oooooh sì!" – aggiunse Miglio con una nuova folle luce negli occhi – "Basterà metterla in un pentolone con zucchero e acqua... non dovrebbe volerci molto".
Marcus ripeté per l'ennesima volta la disperata azione di guardarsi intorno, speranzoso di trovare qualcuno che lo aiutasse a ristabilire l'ordine, ma per l'ennesima volta ciò che vide non lo confortò. Molti folletti si erano già uniti al grido "Mangiare! Mangiare! Candire!" ed erano ormai entrati nel tunnel di insensatezza dei tre fratelli assassini. I pochi folletti che non stavano urlando, parlottavano tra loro ma sembravano pronti per dare il loro assenso. Del resto era questa la natura dei folletti, non erano fatti per dubitare del prossimo, per andare l'uno contro l'altro. I folletti avevano creduto ciecamente a Marcus e allo stesso modo avevano creduto a Farro quando egli aveva insinuato che la veggente aveva ucciso Burius.
Marcus si sentiva disperato, non aveva mai voluto nulla del genere. Tutto ciò che voleva era che i folletti aprissero gli occhi, che vedessero la veggente come un'imbrogliona grassoccia, ma non certo che ipotizzassero di mangiarsela e la cosa peggiore, era che gli unici due che avrebbero potuto dargli una mano avevano del tutto perso la capacità di reagire e di ragionare. Perla se ne stava lì vicino a Marcus,

seduta per terra con le ginocchia tra le braccia a piangere e Bilius si era allo stesso modo abbandonato su una sedia, incapace di prendere in mano la situazione. Era chiaro che Marcus non potesse contare su nessuno in quel momento ma doveva fare qualcosa, non sarebbe stato lì ad assistere impotente mentre quel gruppo di matti progettava di cucinare la veggente.
Marcus pensò rapidamente a cosa fare, cercò di ipotizzare più modi possibili per venire fuori da quella situazione e capì che la cosa più giusta da fare era recarsi immediatamente dalla veggente e intimarle di fuggire, e così fece. Corse disperatamente per tutta Mù, ormai deserta e si diresse più in fretta che poté verso la casa dell'ingorda, la quale se ne stava beatamente sdraiata nel suo enorme letto intenta a divorare una minestra di insetti. Marcus la osservò un istante dalla finestra e poi, conscio di non avere più tempo da perdere, entrò in casa proprio da quella finestra mezza aperta. La veggente cacciò un urlo e chiamò il suo servo, che per fortuna di Marcus, in quel momento non si trovava in casa: erano soli.
"Veggente! Devo avvisarla, lei deve andarsene, subito!" – disse Marcus preso dall'agitazione.
"Tu...! Ti stavo proprio aspettando, sai?" – rispose la veggente con uno sguardo tra l'incuriosito e il severo.
"Non c'è tempo per parlare ora, lei deve andarsene subito da qui!" – ribadì Marcus con insistenza – "I folletti sono infuriati... sono furiosi con lei perché pensano che lei abbia ucciso Burius!"
"Burius? Morto?" – farfugliò lei, ora incredula. Era evidente che non avesse ancora ricevuto la notizia. Il suo sguardo si era improvvisamente caricato di tensione.
"Io non capisco... Burius..."
"La prego veggente se ne vada! Mi ascolti! I folletti vogliono mangiarla..."
"Mangiarmi? Oh, cielo..."
"Lo so, è assurdo"
"È tutta colpa tua" – disse improvvisamente la veggente.
"Co-cosa?" – ribatté stranito Marcus.
"Ero ansiosa di parlarti oggi perché stanotte ho avuto una visione, una visione molto interessante che ti riguardava Marcus, o dovrei chiamarti "impostore"!"
"Io... non so di cosa..."
"Colui che sporcherà per sempre la purezza delle creature magiche, l'impostore che le renderà ostili, colui che con l'inganno distruggerà Mù! È qui!" – recitò la folletta, con un tono di voce ben diverso dal suo solito, un tono di voce insolitamente grave.
"Questo" – continuò – "È ciò che mi hanno rivelato i segni, e ho ragione di credere che l'impostore sia proprio tu! Puoi essere solo tu, in effetti! Il nostro unico visitatore da ben quindici anni... ora vorrei tanto sapere che cosa nasc..."
"Senta! La situazione è grave signora veggente, non stavo scherzando sul fatto che i folletti vogliono mangiarla! Se arrivano qui e la trovano... sistemerò tutto! Lo prometto! Ma lei ora scappi!" – urlò Marcus con fare risoluto e dopo aver avuto un

confuso cenno di assenso da parte della veggente, si allontanò inorridito da se stesso.
La veggente aveva fatto una profezia, una profezia vera, quindi era davvero una veggente? Tutte le bugie che aveva raccontato sul suo conto erano state inutili? E la cosa peggiore era che la profezia indubbiamente parlava proprio di lui, era stato lui a sporcare la purezza dei folletti, a renderli sospettosi fino a condurli a quell'assurda follia. Era tutta colpa sua e per colpa sua ora la veggente stava per morire in un modo orribile e il mondo dei folletti era probabilmente rovinato per sempre. No, non l'avrebbe potuto permettere. Un buon sindaco, un buon capo, deve tentare fino all'ultimo di prendere in mano la situazione e così avrebbe fatto Marcus. L'unica possibilità ormai era dire la verità, tutta la verità agli altri folletti e sperare che fossero clementi con lui e non decidessero di impiccarlo. Così Marcus prese coraggio e si avviò verso il Persempreperfetto, consapevole che forse quella sarebbe stata l'ultima camminata della sua vita, che probabilmente l'avrebbero ucciso, ma non aveva scelta, non avrebbe assistito alla bollitura o quello che era della veggente. Camminò per la deserta Mù, che aveva riacquistato quel suo bizzarro fascino di città fantasma della prima volta in cui Marcus vi aveva messo piede. Pensò a quel giorno, a quando totalmente smarrito aveva percorso quelle vie, senza sapere cosa ne sarebbe stato di lui e riprovò la stessa, identica sensazione di quel momento. Giunto a Persempreperfetto, vide i tre fratelli di sangue ancora in piedi sul tavolo intenti ad ordire il loro piano criminale per rapire e cucinare la veggente, mentre tutti gli altri folletti assistevano esaltati. Gli unici due a non partecipare a quella macabra festa erano Perla e Bilius. Perla non piangeva più ma sembrava smarrita, continuava a guardarsi intorno probabilmente sperando di vedere Marcus tornare e Bilius, era ancora seduto sulla stessa sedia e guardava inorridito gli altri folletti, cercava di aprire bocca ogni tanto, cercava di intervenire, ma era evidente che non ne fosse in grado. Marcus entrò e incrociò immediatamente lo sguardo di Perla che fece per venirgli incontro, ma lui la fermò con un gesto della mano e invece andò verso il tavolo che una volta era del Gran Capo e ci salì sopra.
Farro, Amaranto e Miglio lo guardarono stupiti per un istante, poi pensarono che volesse semplicemente unirsi a loro e ripresero il loro comizio. Marcus li lasciò fare per qualche minuto, guardò Perla, lo fissava con un'espressione incomprensibile, sarebbe stato impossibile per chiunque capire cosa stava pensando. Probabilmente una volta appresa tutta la verità anche lei avrebbe odiato Marcus e chissà, probabilmente avrebbe partecipato anche lei alla sua uccisione, del resto i folletti erano fatti così, non erano fatti per andare l'uno contro l'altro. Loro si spalleggiavano, si aiutavano e ogni qualvolta incontravano la menzogna, la accoglievano con disprezzo.
Marcus si scosse dai suoi pensieri, non c'era più tempo, doveva dire la verità finalmente, e così parlò. Iniziò a raccontare tutto agli altri folletti che vedendo il suo volto serio smisero immediatamente di fare qualsiasi altra cosa e si concentrarono su di lui. Raccontò tutta la sua storia, vomitando ogni dettaglio su

quella folla attonita che era talmente sconvolta da ascoltare senza fiatare. Durante il suo discorso però, non osò guardare in faccia Perla per paura di vedere la delusione e la rabbia annebbiare i suoi enormi occhi stralunati e gentili.
Raccontò ogni dettaglio, di come stava camminando nel bosco quando inciampando aveva notato quel piccolo cappellino, di come si fosse trovato in un mondo incredibile in cui si sentiva perso e di come aveva cercato di avvisarli sulla veggente senza aspettarsi di creare tutto quel danno e infine, dopo il lungo discorso, tacque, aspettando il giudizio della comunità di Mù. Per un attimo i folletti rimasero basiti, non dissero nulla limitandosi a guardarlo con profondo disprezzo, poi Miglio prese la parola e nonostante Marcus si aspettasse che avrebbe incitato all'impiccagione, il folletto disse l'unica cosa ancora peggiore:
"Ha mentito... ci ha presi in giro... la veggente allora è innocente! E io dico... MANGIAMO LUI!"
A quelle parole seguì un coro unanime di rabbia furibonda e almeno venti mani afferrarono all'istante Marcus che gridò e cercò di scusarsi, di urlare che era dispiaciuto e che voleva solo tornare a casa, ma era troppo tardi. Ormai le mani furibonde l'avevano legato stretto e Miglio stava ordinando a due grossi folletti di portare Marcus alla cella, luogo di cui lui, Marcus, in effetti aveva solo sentito parlare ma che non aveva mai visto. La cella era la stanzetta sul retro del Persempreperfetto dove i prigionieri in attesa di esecuzione venivano abbandonati qualche giorno prima di essere impiccati o, nel caso di Marcus, mangiati.
Nel giro di pochi attimi Marcus si trovò solo, legato e chiuso lì dentro con la consapevolezza che sarebbe morto in modo orribile di lì a poco e che nessuno poteva salvarlo. Ma Marcus B. si sbagliava di grosso.
Dopo solo un'ora, una mano grigiastra spuntò dalla porta e Perla, con in mano un pezzo di vetro tutto sporco, che probabilmente aveva raccolto da terra vicino a una bottiglia rotta, lo guardò con la solita espressione indecifrabile.
"Perla! Ma cosa... se ti trovano qui..."
"Non c'è tempo da perdere devi scappare da qui!" – e mentre pronunciava queste parole, Perla iniziò a rompere tutte le corde che tenevano Marcus col suo piccolo pezzo di vetro ed egli fu libero in pochi minuti.
"Perla... mi dispiace di averti mentito... io..." – disse imbarazzato Marcus mentre Perla finiva di liberarlo, dopotutto la persona che più avrebbe avuto il diritto di odiarlo era proprio lei, che gli aveva offerto una casa, cibo, regali e ogni sorta di accoglienza.
"Perla – insistette Marcus dal momento che la folletta non sembrava voler rispondere – "Tu sei stata così buona con me e io... mi dispiace".
"Ora non c'è tempo!" – strillò lei con un'aria ben diversa dal solito. Non era più stralunata e persa nei suoi pensieri ma appariva semplicemente terrorizzata.
"Ora devi correre, hai capito?" – aggiunse poi guardando Marcus con i suoi enormi occhi pieni di paura – "Devi correre fino all'esatto punto da cui sei sbucato quando sei arrivato qui, corri fino là e poi metti la testa dentro il mio cappello. Così potrai... tornare a casa tua".

"Perla..." – sussurrò Marcus.
"No, non c'è tempo! Prendi il mio cappello e vai in quell'esatto punto! È un portale d'accesso e quando guarderai nel cappello dovrai essere per forza lì altrimenti non succederà niente! Se non andrai nel punto esatto non funzionerà" – disse tutta concitata porgendogli il cappello.
"Ma... ma ora che non c'è più Burius a proteggerti come farai? Se scoprono che mi hai aiutato..."
"Ti prego prendi il mio cappello... almeno questo... prendilo, ti prego – disse poi Perla con gli occhi pieni di lacrime.
Marcus non capiva... cosa voleva dire "almeno questo?", c'era forse qualcos'altro che avrebbe dovuto prendere?
"Perla io..."
"Vai! Ora vai" – urlò Perla spingendolo verso la porta.
E così Marcus si mise a correre, non sapeva se ciò che stava facendo poteva davvero essere la cosa giusta, non voleva lasciare Perla lì da sola. Senza la protezione di Burius ora sarebbe stata più vulnerabile che mai, e se avessero scoperto che lo aveva aiutato? Tutti questi dubbi affollavano senza sosta la mente di Marcus mentre correva quanto più veloce gli permettessero quei piedi palmati e soprattutto il profondo e incontrollabile senso di terrore che lo spingeva a correre così veloce. Mai in tutta la sua vita, Marcus B. aveva avuto più paura che in quel momento, e quell'istinto primordiale, quell'istinto che gli diceva di fare di tutto per conservare la propria vita sembrava avergli messo le ali ai piedi, tanto che giunse in cima alla collina da cui era sbucato senza nemmeno accorgersene, senza nemmeno guardare se qualcuno poteva averlo notato o no, ormai non c'erano altre alternative, vivere o morire e sembrava che quel giorno Marcus, dovesse proprio vivere.
Riuscì ad arrivare indenne alla collina e senza pensarci troppo infilò la testa nel berretto di Perla. Proprio come era successo la prima volta, Marcus si sentì sollevare da terra e catapultare nell'aria alla velocità della luce per poi, sbattere la testa contro qualcosa.

Non osava aprire gli occhi, aveva troppa paura di ciò che avrebbe visto, sapeva solo che la testa gli faceva male e che la sua faccia doveva essere appoggiata su del terriccio umido, che sentiva rigargli il viso. Doveva aprire gli occhi, molto lentamente doveva aprirli, ma qualcosa lo convinse ad aprirli più in fretta di quanto avrebbe voluto.
"È tornato Filli! È di nuovo lui! Ha sbattuto contro l'albero ed è atterrato qui" – urlò una voce femminile, una voce stranamente familiare.
Marcus aprì gli occhi e vide un fungo dallo sguardo severo fissarlo in modo pungente.
"Sei tornato vedo, ne hai combinate laggiù eh!"

"C-cos'è successo?" – disse Marcus ancora confuso, senza sapere che questa domanda avrebbe fatto letteralmente infuriare il fungo, per quanto strano possa essere immaginarsi un fungo furibondo.
"COS'È SUCCESSO? COS'È SUCCESSO?! TU! RAZZA DI IMBECILLE! GUARDA CHE NON SCHERZAVO QUANDO DICEVO DI NON GUARDARE NEL CAPPELLO, E LUI CHE FA? CI GUARDA DENTRO!"
Filli stava ancora sbraitando quando Marcus realizzò brevemente tutto quanto era accaduto, si guardò terrorizzato le mani e scoprì di essere tornato umano. Era di nuovo l'uomo di statura media che si ricordava, aveva ancora la pelle rosata, degli occhi di dimensioni normali e dei piedi non palmati. Era finalmente tornato se stesso, ma non riusciva a gioirne. L'unica cosa a cui riusciva a pensare era quel popolo così puro e ingenuo che lui aveva trasformato in una manica di assassini, e Perla... Perla che l'aveva aiutato ancora e nonostante tutto e lui come un vigliacco, l'aveva abbandonata lì.
"Beh, sei tornato no?" – gli disse il fungo Milli vedendolo così abbattuto – "Non era quello che volevi? Riuscire a tornare?"
"Certo che era quello che volevo... perché sono un vigliacco, aveva ragione la veggente, ho rovinato quei folletti... li ho trasformati in assassini con tutti i miei sospetti, le mie bugie..."
"Oh, puoi dirlo che l'hai fatto! Ma era scritto sai? Altrimenti la veggente non te lo avrebbe predetto".
"Che vuoi dire?" – chiese incuriosito Marcus.
"Voglio dire" – riprese Milli – "Che noi creature magiche crediamo che tutto accada per una ragione, che tu abbia trovato il cappello di Perla per un motivo, perché nel bene o nel male era scritto. Non sei il cattivo della storia giovane Marcus, sei solo una piccola parte di essa, che i folletti supereranno prima o poi".
Marcus sorrise a quel fungo così gentile.
"Tutte le creature magiche ci credono, o solo tu?" – disse poi strizzando l'occhio a Milli.
"Oh, anche Filli ci crede" – disse sorridendo.
"E adesso che hai, eh?" – chiese stizzito Filli – "Milli ti ha appena detto che hai fatto meno danni di quello che pensavi e..."
"Veramente non ha detto così, i danni li ho fatti eccome... e il fatto che fosse già scritto che dovesse succedere non mi rincuora... è che..."
"Cosa?" – chiesero in coro Milli e Filli.
"Perla... non riesco a sopportare l'idea di averla abbandonata lì. Lei è stata così buona con me... mi ha aiutato..."
"Ma certo che ti ha aiutato stupidino, è cotta di te! Più di così che altro avrebbe dovuto fare?"
"Cotta di me?" – chiese Marcus attonito – "Ma cosa?"
"Oh, bisogna spiegarti tutto eh, zuccone!" – disse nervosamente Milli – "Per le creature magiche l'amore non funziona come per gli umani. Per i folletti regalare

un oggetto caro è segnale d'amore e se provo a indovinare direi che Perla ti ha regalato qualcosa di suo... sbaglio?"
Marcus fece mente locale e finalmente iniziò a capire ciò che in tante settimane non era stato in grado di capire.
"Sì..." – disse pensieroso – "C'è stato il bottone, il chiodo..."
"E alla fine ti ha donato il suo cappello, affinché tu potessi scappare... non c'è gesto d'amore più grande di questo".
"Ma... perché non me l'ha semplicemente detto? Io..."
"Perché i folletti non lo dicono... per loro l'amore è donare non parlare!"
"Oh..." – sospirò Marcus – "Quindi mi ha salvato perché è innamorata di me... e io invece di aiutarla e di capirla l'ho abbandonata lì... che-idiota-che-sono!" – disse poi tirando dei pugni all' albero contro cui aveva sbattuto.
"Devo aiutarla! Vi prego... ditemi cosa fare" – supplicò poi Marcus guardando i funghi.
"E come pensi di aiutarla? Ormai l'avranno già bella che impiccata" – disse Filli con tono sempre più burbero.
"Non sei d'aiuto!" – urlò Marcus al fungo.
"Devo pensare, devo pensare, devo pensare" – iniziò a dire nervosamente camminando avanti e indietro.
"Se solo riuscissi a farla venire qui... ma certo è perfetto! Lei adora il mondo degli umani, ci viene sempre! È perfetto!"
"Cosa è perfetto?" – disse preoccupato Filli.
"Ho trovato la soluzione! Devi far venire qui Perla! Possibilmente in forma umana così non dovrò tenermela in tasca ma potrà vivere come tutti gli umani... è perfetto no?"
"Ma cosa? Milli, hai sentito che sta dicendo? Andiamo... è impazzito! Io non..."
"Beh, Filli non so" – disse Milli – "In fondo se tutto accade per una ragione... forse Perla era destinata a incontrare questo qui. Insomma con tutte le sue scorribande nel mondo degli umani! Forse è tutto collegato..."
"Ma... Milli!" – disse Filli ora diventato improvvisamente rosso di rabbia – "Io... non posso... noi non possiamo..."
"Oh, andiamo Filli! Noi potremmo..."
"Vi prego! Dovete salvarla... se non è troppo tardi" – disse Marcus mentre una lacrima solitaria gli rigava il viso, una lacrima di rimorso verso tutto ciò che non aveva saputo capire e proteggere.
Milli guardò Marcus, ci furono alcuni istanti di silenzio assoluto e infine fu proprio il fungo dalle sembianze femminili a romperlo.
"Al diavolo, Filli! Dobbiamo salvare Perla! È una nostra amica dopotutto non possiamo lasciarla al suo destino! Con tutte le volte in cui lei è stata buona con noi portandoci vermi e altro... Filli!"
Filli, che aveva l'aria di un qualcuno profondamente combattuto sul da farsi, sembrava sul punto di esplodere dalla rabbia ma alla fine volgendosi verso Marcus disse solo:

"E va bene umano... la porterò qui se è ancora viva... ma non sarà facile! Oh no, non sarà affatto facile!"
"Andiamo Filli! Dobbiamo sbrigarci" – gli disse Milli.
"E tu!" – disse poi rivolta a Marcus – "Aspetta qui! Facendo questa cosa stiamo infrangendo un milione di regole e non saremo a fare la guardia al portale quindi dovrai farlo tu!"
Il tempo di annuire e i funghi erano scomparsi nel nulla. Passarono dei minuti, Marcus non seppe quantificare quanti, potevano essere venti o trenta, non ne aveva idea e dopo uno spazio interminabile di tempo che Marcus passò a riflettere su quanto fosse stato sciocco, ci fu un piccolo boato e una figura cadde a terra rovinosamente andando a sbattere contro il solito albero.
"Ahi!" – si lamentò la figura.
Marcus si voltò rapidamente verso i funghi che erano tornati al loro posto e emozionato, chiese loro come avessero fatto, ma Filli sentenziò che non gli era dato avere una risposta a quella domanda e gli intimò di togliersi dai piedi col solito tono burbero. Dopo aver rivolto un enorme sorriso sia al burbero Filli che a Milli, che ricambiò, Marcus si affrettò dalla figura per terra.
Rannicchiata lì a lamentarsi, c'era una strana donna vestita con un enorme pacchetto di patatine, riadattato a vestito.
"Perla! Sei qui!" – urlò Marcus andandole incontro e finalmente Perla si girò. Aveva i due codini neri spettinati e il viso un po' sporco di terra, ma era lei. Era una donna certo, non era più una creaturina grigiastra dai piedi palmati, ma era inconfondibilmente Perla, col suo paio di enormi e sproporzionati occhi neri, unico rimasuglio delle sue sembianze da folletto.
"Marcus..." – sussurrò Perla mentre si guardava le mani e le gambe.
"Sono umana!" – aggiunse.
Marcus annuì e immaginò di vedere quella bizzarra scena da lontano: un uomo tutto sporco di fango che chiacchiera con una donna dagli occhi enormi e vestita con un sacchetto di patatine, il tutto condito dalla presenza di due funghi molto loquaci e da un ragno con al collo un mirtillo, che era appena spuntato dalla tasca del vestito di Perla.
Gli scappò un sorriso pensando alla bizzarria di quell'immagine, eppure era divertente, molto più di quanto lo fossero mai state le sue insalate belghe e le sue olimpiadi della matematica.

Finito di stampare
Settembre 2016
presso Stampatre Srl Torino